Malaeska

Die indische Frau des Weißen Jägers

Ann S. Stephens

Writat

Diese Ausgabe erschien im Jahr 2023

ISBN: 9789359258416

Herausgegeben von
Writat
E-Mail: info@writat.com

Inhalt

KAPITEL I.

Die Bremse hing tief am zerklüfteten Felsen
mit süßer und heiliger Angst.
Die wilden Blumen zitterten unter dem Schock
des heimlichen Schrittes des roten Mannes;
Und rundherum fiel ein unruhiger Schimmer
durch das Licht und die zitternde Gischt.
Während der Lärm eines unruhigen Gebirgsbaches
an diesem stillen Tag rauschte .

Der Reisende, der auf seinem Weg den Hudson hinauf in Catskill Halt gemacht hat, wird sich daran erinnern, dass ein Bach von nicht unerheblicher Breite eine Seite des Dorfes umspült und dass ein schweres Steinhaus etwas über dem Wasser auf einer grünen Wiese steht -Land, das eine Lippe des Baches bildet, wo er in den majestätischeren Fluss mündet. Dieses Bauernhaus ist das einzige Objekt, das die grüne und üppige Schönheit der Landspitze auf dieser Seite durchbricht, und seine Stille und völlige Einsamkeit kontrastiert angenehm mit dem geschäftigen und überfüllten kleinen Dorf auf der gegenüberliegenden Landfläche. Es gibt viel, was die Aufmerksamkeit dieser Wohnung auf sich ziehen könnte. Abgesehen davon, dass es sich um einen der schönsten Orte am Fluss handelt, zeichnet es sich auch durch seinen altmodischen Komfort aus, der im Gegensatz zu den Säulenhäusern und rustikalen Cottages steht, die überall am Ufer des Hudson ins Auge fallen. Es gibt keine Blumen, die den Duft verströmen könnten, und auf dem Gelände ist nur wenig Verschönerung zu erkennen. aber es ist von einer Fülle genügsamer Obstbäume umgeben; Ein weitläufiger Obstgarten wirft sein üppiges Laub in die Sonne am Ufer, und die Grasnarbe ist dick und schwer und fällt grün vom Eingangstor bis zum Ufer des Flusses ab.

Das Innere des Hauses strahlt eine große Behaglichkeit aus, die das von außen vermittelte Versprechen gut erfüllt. Die schweren Möbel sind mit ihren Bewohnern in die Jahre gekommen; Es war zu seiner Zeit reich und besitzt jetzt die seltene Qualität der Fitness und des Einklangs mit den umgebenden Dingen. Alles an diesem Haus passt perfekt zum Charakter und Erscheinungsbild seines Besitzers. Der Bewohner selbst ist ein feiner, stattlicher Bauer der alten Klasse – klug, durchdringend und intelligent – einer jener Männer, die es schaffen, das Herz grün zu halten, wenn der Frost des Alters das Blut kühlt und die Stirn weiß werden lässt. Er hat bereits mehr als die sechzig und zehn Jahre gezählt, die dem Menschen zustehen. Seine Gewohnheiten und die Mode seiner Kleidung ähneln denen von vor fünfzig

Jahren. Er klammert sich im Winter immer noch an große Holzfeuer, erntet Äpfel und Apfelwein und lässt im Sommer eine Schar feiner Kühe auf dem üppigen Gras vor seiner Behausung weiden. Die ganze Gastfreundschaft vergangener Jahre bleibt ihm warm im Herzen. Er ist in der Tat ein schönes Exemplar des überzeugten alten republikanischen Bauern des letzten Jahrhunderts, der das Haus bewohnt, das sein Vater errichtet hat, und ein frisches Alter unter dem Dachbaum genießt, der seine Kindheit beschattete.

Während eines Aufenthalts in dieser Gegend in der letzten Saison war es eine unserer größten Freuden, einen Abend mit dem alten Herrn zu verbringen und den Legenden der Indianer, Erinnerungen an die Revolution und prägnanten Bemerkungen über die Gegenwart zu lauschen, mit denen er gerne zusammenarbeitete unterhielten uns, während wir ihn gelegentlich unterbrachen, indem wir die Strickarbeit mit der freundlichen alten Dame, seiner Frau, verglichen oder ein süßes kleines Enkelkind lobten, das sich beim Reden an seine Knie klammerte und mit den silbernen Schnallen an seinen Schuhen spielte . Dieser große, stattliche alte Mann und das süße Kind bildeten ein wunderschönes Bild vom „Alter im Spiel mit der Kindheit", als der Feuerschein über sie flackerte, zu den alten, in Holland gemalten Familienbildern, die hinter uns an der Wand hingen, in den altmodischen ovalen Rahmen, die zusammen mit der schweren holländischen Bibel, die auf dem Ständer lag, gesichert mit Haspeln und Messingscharnieren, schwerfällig wie die Verschlüsse einer Gefängnistür, seit der Antike für den alten Herrn wertvolle Familienreliquien waren und Verband. Ja, das Bild war angenehm anzusehen; aber es machte Freude, seinen Legenden und Geschichten zuzuhören. Wenn der hier Erzählte nicht genau so ist, wie er ihn erzählt hat, wird er nicht umhin, das schöne junge indische Mädchen, das er uns beschrieb, in der Figur der Malaeska zu erkennen .

Zur Zeit unserer Geschichte war die wunderschöne Landfläche, die sich vom Fuß der Catskill Mountains bis zum Hudson erstreckt, eine einzige dichte Wildnis. Der edle Strom glitt in der feierlichen Stille der Natur weiter, im Schatten von Bäumen, die jahrhundertelang mit Stürmen gekämpft hatten, und seine Oberfläche war bis auf den leichten Bug des Kanus des Indianers noch ungebrochen. Die hohen Bergwälle blickten wie jetzt stirnrunzelnd in den Himmel, nur noch düsterer durch das dichte Holzwerk, das sie an der Basis bekleidete; Sie ragten aus dem dichten Blättermeer auf wie die Außenposten einer dunkleren Welt. Von all den kultivierten Hektar, die heute Tausende mit ihren Produkten ernähren, lächelte nur eine kleine Lichtung aus dem Herzen der Wildnis empor. Ein paar hundert Hektar Land waren von einer zähen Siedlerbande gerodet worden, und im Herzen des kleinen Tals, in dem sich heute das Dorf Catskill befindet, wurde eine Ansammlung von Blockhäusern errichtet. Obwohl sie sich in der Nähe eines wilden Indianerstammes befanden, blieb die kleine Gruppe von Pionieren in ihren bescheidenen Beschäftigungen unbehelligt, rodete nach und nach das Land rund um ihre Siedlung und ernährte ihre Familien mit dem Wild, das es in den Bergen in Hülle und Fülle gab. Mit den Indianern pflegten sie wenig Verkehr, aber bisher hatte kein Akt der Feindseligkeit auf einer der beiden Seiten Unmut zwischen den Siedlern und den Wilden hervorgerufen.

Es war Anfang Mai, etwa ein Jahr nach der ersten Ansiedlung der Weißen, als etwa sechs oder acht der kräftigsten Männer auf der Suche nach Wild in den Wald aufbrachen. Bei Tagesanbruch war ein Bär am Rande der Lichtung gesehen worden, und während die meisten sich auf die Suche nach bescheidenerem Wild machten, folgten drei der Entschlossensten seiner Spur, die in die Berge führte.

Der vorderste der drei Jäger war ein Engländer von etwa vierzig Jahren, gekleidet in einen abgewetzten Anzug aus blauem Wollstoff, mit tristen Gamaschen, die bis zu den Knien zugeknöpft waren, und einem Hut, der leider seines ursprünglichen Flors beraubt war. Sein Jagdgerät zeugte von der besonderen Sorgfalt, die sein ganzes Land seinen Sportgeräten so sehr schenkt . Die anderen beiden waren viel jünger und trugen selbstgemachte Stoffe, über denen lose Kleider aus Abfallflachs oder geschwungenem Werg lagen. Beide waren gutaussehend, aber unterschiedlich in der Besetzung ihrer Gesichtszüge. Der Charakter des ersten ließ sich an seiner fröhlichen Miene und seinem federnden Schritt ablesen, als er dem Engländer dicht folgte, das Unterholz mit der Mündung seiner Flinte wegschlug und mit einem schnellen Blick die abgebrochenen Zweige oder aufgewühlten Blätter entdeckte, die ihn verrieten Verlauf des gejagten Bären. Auch das Tragen seiner Kleidung hatte etwas Charakteristisches: die Fuchsfellmütze, die achtlos auf eine Seite seines prächtigen Kopfes geworfen war und eine Masse kurzer brauner Locken um das linke Ohr und die Schläfe freigab, und der Busen seines groben Kleides aufgeworfen, um dem Hals, den Apollo begehrt hätte, freie Bewegung zu geben. Er war ein Jäger, der die Siedlung in letzter Zeit gelegentlich besucht hatte, aber ganze Wochen in den Wäldern verbrachte, angeblich um Pelze aus eigener Kraft zu sammeln oder von dem Indianerstamm zu kaufen, der am Fuße der Berge lagerte.

Letzteres wirkte ruhiger und weniger lebhaft in seiner Erscheinung. Auf seiner hohen, nachdenklichen Stirn lag ein intellektueller Ausdruck, obwohl er durch die Enthüllung gebräunt war. Die Tiefe des Nachdenkens in seinem ernsten Blick und die anmutige Würde in seiner Haltung verrieten, dass er einer von denen war, die tiefe Gefühle hinter dem Anschein von Kälte und Apathie verbergen. Er war Schulmeister im Bay State gewesen, von wo ihn die strahlenden Augen und das fröhliche Lachen einer gewissen Martha Fellows angezogen hatten, einer siebzehnjährigen Jungfrau, deren Vater im vergangenen Sommer in die Siedlung Catskill gezogen war und zu der er, Dem Bericht zufolge sollte er immer dann heiraten, wenn ein zur

Durchführung der Zeremonie befugter Pfarrer den Weg zur Siedlung finden sollte.

Die drei Jäger bogen von der Siedlung aus in südwestlicher Richtung ab, bis sich der Wald plötzlich zu einem wunderschönen und abgelegenen Stück Wiesenland öffnete, das bis heute unter dem niederländischen Namen „Straka" bekannt ist, was „unsere alten Freunde " bedeutet informierte uns, ein Streifen Land. Vor ihnen lag die Straka in länglicher Form, etwa acht bis zehn Hektar groß, mit all ihrer Üppigkeit an Bäumen, Gras und Blumen, getaucht in den Tau und die Sonne eines Sommermorgens. Es stellte einen schönen Kontrast zu der dichten Wildnis dar, aus der die Jäger hervorkamen, und sie blieben einen Moment unter den Zweigen eines hohen Hickorybaums stehen, um die köstliche Frische zu genießen. Die Oberfläche der Einfriedung war nicht ganz eben, aber über die gesamte Länge wölbte sie sich von der Mitte auf beiden Seiten sanft nach oben bis zu den prächtigen Bäumen, die sie mit einem schönen, belaubten Wall abgrenzten. Der Rand war unregelmäßig; hier und da schoss eine Baumgruppe in die Einzäunung , und die Lichtung erstreckte sich gelegentlich bis in den Wald hinein in winzige Lichtungen und kleine grasbewachsene Winkel, in denen das Sonnenlicht wie ein Lächeln auf dem Gesicht eines träumenden Säuglings schlummerte. Auf allen Seiten schossen die Stämme riesiger Bäume am Rande unter ihrem prächtigen Blätterdach in die Höhe, wie die efeuberankten Säulen einer Ruine, oder fielen in die neblige Perspektive des Waldes zurück, kaum erkennbar in seinem düsteren Schatten. Die schweren Laubhaufen, die wie eine Fülle von Vorhängen, die in Massen dem Sommerwind entgegengeworfen wurden, zwischen die Zweige fielen, waren sparsam und erfüllt vom warmen Hauch des Augusts. Noch hatte kein Geist des Verfalls einen prächtigen Hauch über sein tiefes, sattes Grün gehauen, aber alles war vom Tau benetzt und vom Sonnenlicht zu tausend verschiedenen Schattierungen derselben Farbe aufgehellt. Eine helle Quelle sprudelte aus einer Bodenwelle im oberen Teil der Einzäunung , und die gesamte Oberfläche des schönen Ortes war mit einem kräftigen Wachstum von hohem Wiesengras bedeckt, das dichter und heller emporstieg und von einem zarteren Grün nach unten wuchs in der Mitte, wo sich die Quelle in einem anmutigen Rinnsal weiterbewegte, musikalisch wie das Lachen eines Kindes. Wie durch das Läuten eines kleinen Baches zum Leben erweckt, entfalteten am Rande eine Schar weißer Wildblumen ihre sternenklaren Blüten, und Büschel von Sumpflilien tauchten das Gras in einen azurblauen Farbton.

Bis zu diesem Tag hatten unsere Jäger „die Straka " immer still und unbewohnt vorgefunden, abgesehen von singenden Vögeln und wilden Hirschen, die von den Bergen herabstiegen, um sich an ihrem üppigen Grün zu ernähren; aber jetzt stiegen ein Dutzend Rauchkränze von den Bäumen am nördlichen Ende auf, und durch eine Aussicht im Wald konnte man ein Lager neu errichteter Wigwams sehen. Ein oder zwei wurden sogar am Rande der Lichtung gebaut; Das Gras um sie herum war heftig zertrampelt, und drei oder vier halbnackte Indianerkinder lagen darauf herumgerollt, lachten, schrien und warfen ihre Gliedmaßen in die angenehme Morgenluft. Auch eine junge Inderin tummelte sich unter ihnen, warf ein Kleinkind in den Arm, sang Weihnachtslieder und spielte damit. Ihr Lachen war musikalisch wie ein Vogelgesang, und als sie hin und her huschte , bald in den Wald und dann hinaus in die Sonne, leuchtete ihr langes Haar wie der Flügel eines Raben, und ihre Bewegung war anmutig wie eine ungezähmte Gazelle. Auch aus der Entfernung, in der sie standen, konnten sie sehen, dass das Kind sehr schön war, und gelegentlich, wenn der Wind auf sie zuwehte, hallte sein Ruf wider wie der Schwall von Wasser, das aus ihrer Quelle sprang.

„Das ist ein bisschen *schade* ", murmelte der Engländer und befingerte sein Gewehrschloss. „Können sie keinen Ort finden, an dem sie sich verstecken können, außer ‚der Straka' ?" St. George! Aber ich habe Lust, die Squaw zu erschießen und jedem roten Kobold unter ihnen den Hals umzudrehen."

"Tu es!" rief Danforth und drehte sich wütend zu ihm um; „Berühre auch nur ein Haar von ihrem Kopf, und bei dem Herrn, der mich erschaffen hat, ich werde diesen Baum mit deinem Gehirn bespritzen!"

Der Engländer ließ den Schaft seiner Muskete hart zu Boden fallen, und bei diesem wilden Wutausbruch, der so unangebracht und so unverschämt war, blitzte ein feuerroter Fleck auf seiner Wange auf. Er starrte einen Moment lang auf das stirnrunzelnde Gesicht des jungen Jägers, hob dann seine Waffe und wandte sich achtlos ab.

„Tut, Mann, mach Schluss damit", sagte er; „Ich habe nur gescherzt. Komm, wir haben die Spur verloren und werden auch das Spiel verpassen, wenn wir länger verweilen; komm."

Während er sprach, schulterte der Engländer seine Muskete und wandte sich in den Wald. Jones folgte ihm, aber Danforth blieb zurück.

„Ich muss sehen, was das bedeutet", murmelte er und warf einen Blick auf seine Gefährten und dann auf die Gruppe junger Indianer; „Was kann sie so nahe an die Siedlung gebracht haben?"

Er warf den Jägern noch einen kurzen Blick zu und eilte dann über die „ Straka " zu den Wigwams. Jones und der Engländer hatten den kleinen See oder Teich erreicht, der etwa eine Meile südlich von „Straka " lag , als Danforth sich ihnen erneut anschloss. Seine Stirn war ungetrübt, und er schien bestrebt zu sein, die Wirkung seiner jüngsten Gewalttätigkeit durch mehr als gewöhnliche Fröhlichkeit zu beseitigen. Die Harmonie war wiederhergestellt, und sie folgten erneut der Spur des Bären und verfolgten ihn in Richtung der Berge.

Mittags fanden unsere Jäger tief in den Schluchten, die in den Bergrücken des Catskill mündeten, auf dem jetzt das Mountain House steht. Jones war von der wilden Landschaft, die ihn umgab, beschäftigt und trennte sich von seinen Gefährten, und lange bevor er sich dessen bewusst wurde, waren sie weit außerhalb der Reichweite seiner Stimme. Als er sich seiner Lage bewusst wurde, befand er sich in einer tiefen Schlucht mitten in den Bergen. Ein kleiner Bach kroch über den felsigen Boden, unberührt von einem einzigen Sonnenstrahl, obwohl es mittlerweile Mittag war. Alles an ihm war wild und furchterregend erhaben, aber die Schatten waren erfrischend und kühl, und der Bach, der sein felsiges Bett entlang plätscherte, ließ ein angenehmes Murmeln aufkommen, als er vorbeikam. Allmählich drang sanft ein sanftes, fließendes Geräusch an sein Ohr, wie das Rauschen eines Luftstroms durch ein Labyrinth aus Blättern und Blüten. Je weiter er fortschritt, desto musikalischer und flüssiger schwoll nach und nach an das Ohr an, mit einer reicheren Klanglast, bis er wusste, dass es das Rauschen und Springen von Wasser in nicht allzu großer Entfernung war. Die Schlucht war immer tiefer abgesunken und Felsbrocken lagen dicht im Bachbett. Arthur Jones hielt inne und sah sich verwirrt um, doch mit einem erhabenen, poetischen Gefühl im Herzen, geweckt durch das Gefühl, dass das glorreiche Werk des Allmächtigen ihn umgab. Er stand im Herzen des Berges, und als er blickte, schien er unter seinen Füßen mit einer unbekannten Wirkung zu schwanken und zu beben. Auf beiden Seiten türmten sich Abgründe und auf Felsen aufgetürmte Steine in den Himmel. Große Waldbäume standen verwurzelt in den weiten Spalten und wehten mit ihren schweren Ästen wie zerrissene Banner, die in der Luft wehten. Ein Streifen des blauen Himmels wölbte sich sanft über das Ganze, und das war wunderschön. Es lächelte sanft und wie ein Liebesversprechen über dieser sonnenlosen Schlucht. Noch ein Schritt, und der Wasserfall lag vor ihm. Es war erhaben, aber wunderschön – oh, sehr schön – dieses kleine Gewässer, das sich kräuselte und schäumte wie ein Schneekranz, der aus den Wolken gesiebt wurde, einen Gischtregen über den Felsvorsprung brach, der seinen Fortschritt aufhielt, und dann sprang eine zweite schäumende Masse, tiefer, tiefer, wie eine Flut fließenden Lichts, weitere hundert Fuß bis in die schattigen Tiefen der Schlucht. Ein Schauer von Sonnenlicht spielte weit oben im Laubwerk und auf der Spitze des geschwungenen Abgrunds, wo das Wasser seinen ersten Sprung machte. Als der Jäger ruhiger wurde , bemerkte er, wie harmonisch das Schöne und das Erhabene in der Szene verschmolzen. Die Abgründe waren rau und steil, aber weiche, üppige Moose und Flecken zarter weißer Wildblumen hingen um sie herum. Diese sanften Blumen waren so üppig auf den Felsen verteilt, dass es schien, als würden selbst die Sprühtropfen beim Fallen zu Blüten aufbrechen. Das Herz des Jägers schwoll vor Freude an, als er die extreme

Schönheit der Szene in sich aufnahm. Er lehnte seine Waffe gegen einen Felsbrocken und setzte sich, den Blick auf den Wasserfall gerichtet. Als er blickte, schien es, als würden sich die Abgründe nach oben bewegen – hinauf zum Himmel. Er dachte gerade über diese seltsame optische Täuschung nach, die seitdem so manchen schwindligen Kopf verwirrt hat, als das Klicken eines Gewehrschlosses scharf an seinem Ohr ertönte. Er sprang auf. Eine Kugel pfiff an seinem Kopf vorbei und schnitt durch die dunklen Locken, die sich in dicken Locken über seinen Schläfen windeten, und als sich ein Schwindelgefühl aus seinem Gehirn löste, sah er einen halbnackten Wilden auf dem Felsvorsprung hocken, der am Fuß entlang verlief des Herbstes. Die Gischt fiel auf seine gebräunten Schultern und besprühte den Schaft seiner Muskete, als er sie anhob, um den anderen Lauf abzufeuern. Mit der Schnelligkeit seines Gedankens zog Jones seine Muskete an sein Auge und feuerte. Der Wilde stieß einen wilden, qualvollen Schrei aus, sprang mit dem Satz eines wilden Tieres auf und stürzte kopfüber vom Felsvorsprung. Zitternd vor Aufregung, aber dennoch fest und mutig, lud der Jäger sein Gewehr nach und war bereit, sein Leben so teuer wie möglich zu verkaufen, denn er glaubte, dass die Schlucht voller versteckter Wilder war, die wie ein Rudel Wölfe über ihn herfallen würden. Aber alles blieb ruhig, und als er feststellte, dass er allein war, überkam ihn ein schreckliches Bewusstsein des Blutvergießens. Seine Knie zitterten, seine Wange brannte, und mit einem Anflug heftiger Erregung sprang er über die Felsen dazwischen und stellte sich neben den getöteten Wilden. Er lag mit dem Gesicht zur Erde, völlig tot; Jones zog sein Messer hervor, hob das lange schwarze Haar an und schnitt es vom Scheitel ab. Mit der Trophäe in der Hand sprang er über die Schlucht. Der furchtlose Geist des Wahnsinns schien ihn zu überkommen, denn er stürmte den steilen Anstieg hinauf und stürzte sich in den Wald, offenbar ohne Rücksicht darauf, welche Richtung er einschlug. Der Klang einer Muskete beendete seine ziellose Karriere. Er lauschte und richtete seine Schritte ruhiger auf die Anhöhe aus, auf der das Berghaus jetzt steht. Hier fand er den Engländer mit dem Kadaver eines riesigen Bären zu seinen Füßen und blickte auf die herrliche Weite des Landes, die sich wie eine Karte ausbreitete und Hunderte von Faden unter ihm lag. Sein Gesicht war gerötet und der Schweiß lief ihm von der Stirn. Danforth stand neben ihm und trug ebenfalls Spuren des jüngsten Konflikts.

„Du bist also gekommen, um einen Teil des Fleisches zu fordern", sagte der alte Jäger, als Jones näher kam. „Es ist mutig, deinen Versteckplatz im Gebüsch zu verlassen, wenn die Gefahr vorüber ist. Gott segne mich, Junge! Was hast du da?" rief er, fuhr auf und zeigte auf die Kopfhaut.

Jones erzählte von seiner Begegnung mit dem Wilden. Der Engländer schüttelte ahnungsvoll den Kopf.

„Wir werden noch vor Ende der Woche heiße Arbeit für diesen Job haben", sagte er. „Es war ein törichter Schuss; aber behalte ein gutes Herz, mein Junge, denn häng mich auf, wenn ich nicht dasselbe getan hätte, wenn der rote Teufel eine Kugel so nahe an meinen Kopf geschickt hätte. Komm, wir werden gehen und das begraben Kerl, so gut wir können.

Jones ging voran zum Wasserfall, aber sie fanden nur ein paar verstreute schwarze Haarsträhnen und eine Blutlache, die die Gischt halb vom Felsen gespült hatte. Der Körper des Wilden und sein Gewehr waren verschwunden – wie, das konnte man nicht vermuten.

Eines der größten Blockhäuser der Siedlung war als eine Art Taverne oder Treffpunkt für die Siedler genutzt worden, wenn sie von ihren Jagdausflügen zurückkehrten. Hier wurde ein Spirituosenvorrat unter der Obhut von John Fellows und der hübschen Martha Fellows, seiner Tochter, dem zuvor erwähnten Mädchen, aufbewahrt. Als die Sonne unterging, begannen die Männer, die am Morgen in den Wald gegangen waren, ihr Wild einzusammeln. Zwei Hirsche, Waschbären und gemeines Wild in Hülle und Fülle, lagen vor der Tür, als die drei Jäger mit dem erlegten Bären hereinkamen. Sie wurden mit lautem Geschrei begrüßt, und die Jäger drängten eifrig herbei, um die Beute zu begutachten; Doch als Jones den Skalp des Indianers auf den Haufen warf, blickten sie einander mit bedrohlichem Schweigen in die Gesichter, während der junge Jäger bleich und gefasst vor ihnen stand. Es war das erste Mal, dass irgendjemand von ihnen Indianern das Leben nahm, und sie hatten das Gefühl, dass durch das Vergießen von rotem Blut die Barrieren ihres Schutzes niedergerissen wurden.

„Es ist ein schlechtes Geschäft", sagte einer der älteren Siedler, winkte mit dem Kopf und brach damit das allgemeine Schweigen. „Danach wird es keine klare Jagd mehr im Wald geben; aber wie ist das alles zustande gekommen, Jones? Sagen Sie uns, wie Sie an diesen Skalp gekommen sind – hat das Schädling auf Sie geschossen, oder wie war es?"

Die Jäger versammelten sich um Jones, der gerade Rechenschaft über seinen Besitz des Skalps ablegen wollte, als die Tür des Hauses geöffnet wurde und er zufällig in das so freigelegte kleine Zimmer blickte. Es war spärlich mit ein paar Bänken und Hockern ausgestattet; In einer Ecke stand ein Bett, und Martha Fellows, seine versprochene Frau, stand an einem rauen Tisch aus Fichtenholz, auf dem zwei oder drei Trinkbecher, ein paar halbleere Flaschen und ein Krug Wasser darauf standen ein zerbrochener Becher, bis zum Rand mit Ahornsirup gefüllt. Nichts dergleichen hätte schöner sein können als die hübsche Martha, die sich vorbeugte und mit gespannter Aufmerksamkeit dem lebhaften Flüstern von William Danforth lauschte, der neben ihr stand, ohne sein grobes Kleid, seine Mütze vor sich auf dem Tisch liegend, und

Seine athletische Figur kam durch das eng über seiner Brust zugeknöpfte Karussell besonders gut zur Geltung. Ein rotes Seidentaschentuch, das wie ein Schal um seine Taille gebunden war, verlieh seinem Kostüm eine malerische Anmut, ganz im Einklang mit seinen feinen Proportionen und der kühnen Form seines Kopfes, der zweifellos ein Musterbeispiel muskulöser Schönheit war.

Ein Wutausbruch schoss Arthur Jones durch die Stirn, und ein seltsames Gefühl der Eifersucht überkam sein Herz. Er begann einen verwirrten Bericht über sein Abenteuer, aber der Engländer unterbrach ihn und nahm es auf sich, die lautstarke Neugier der Jäger zu befriedigen, indem er Jones die Freiheit ließ, jeden Blick und jede Bewegung seiner Geliebten zu prüfen. Er beobachtete voller Eifersucht, wie die Röte sich vertiefte und auf ihrer gebräunten Wange glänzte; Er sah das funkelnde Vergnügen ihrer haselnussbraunen Augen und die hübschen Grübchen, die sich um ihre roten Lippen bildeten, wie Sonnenflecken, die durch die Blätter einer roten Rose flackerten, und sein Herz wurde krank vor Misstrauen. Aber als der hübsche Jäger seine Hände auf die ihren legte und seinen Kopf senkte, bis sich die kurzen Locken an seinen Schläfen fast mit ihren glänzenden Locken vermischten, konnte der Liebhaber den Anblick nicht mehr ertragen. Er löste sich von der kleinen Jägerschar, stolzierte majestätisch in das Haus, näherte sich dem Objekt seiner Beunruhigung und rief „Martha Fellows" mit einer Stimme, die die hübsche Täterin dazu veranlasste, ihre Hand unter der Hand des Jägers hervorzuziehen und sich umzuwerfen zwei leere Blechbecher in ihrem Schrecken.

„Sir", sagte Martha, erholte sich und warf Danforth einen schelmischen Blick zu, der mit Interesse erwidert wurde.

Herr Arthur Jones hatte das Gefühl, dass er sich lächerlich machte, und unterdrückte seinen Zorn und beendete seinen großartigen Beginn; „Gibst du mir etwas Wasser?" Daraufhin deutete Martha mit ihrer kleinen gebräunten Hand auf den Krug und sagte:

"Da ist es;" Dann drehte sie ihrem Geliebten den Rücken zu, warf einen weiteren schelmischen Blick auf Danforth, nahm seine Mütze vom Tisch, fing an, auf das gelbe Fell zu pusten und legte es an ihre Wange, als wäre es ein Haustierkätzchen, das sie war Liebkosungen, und das alles mit dem lobenswerten Zweck, den Mann zu quälen, der sie liebte und den sie mehr liebte als alles, was es gab. Jones warf ihr einen bitteren, verächtlichen Blick zu, hob den Krug an seine Lippen und verließ das Zimmer. Ein paar Minuten später traten die anderen Jäger ein, und Jason Fellows, der Vater von Martha, verkündete, dass Arthur Jones und William Danforth die beiden jüngsten Mitglieder der Gemeinschaft seien und dass die Jäger, die draußen eine Art Rat abgehalten hatten, beschlossen hätten , sollten zur nächstgelegenen

Siedlung geschickt werden, um Hilfe zum Schutz vor den Indianern anzufordern, deren unmittelbaren Angriff sie mit gutem Grund zu befürchten hatten.

Als Martha die Namen der genannten Abgesandten hörte, ließ sie den Becher fallen, den sie gerade gefüllt hatte.

„Oh, nicht er – nicht sie, meine ich – sie werden übrigens überholt und tomahawked!" rief sie und wandte sich mit einem erschrockenen Blick an ihren Vater.

„Lassen Sie Herrn Danforth bleiben", sagte Jones und trat an den Tisch; „Ich werde die Mission alleine übernehmen."

Tränen traten in Marthas Augen und sie wandte sie vorwurfsvoll ihrem Geliebten zu; doch voller heldenhafter Entschlossenheit, sich auf eigene Verantwortung töten und bequem skalpieren zu lassen, drehte er sich majestätisch um, ohne sich dazu herabzulassen, dem tränenreichen Blick zu begegnen, der gut geeignet war, seinen eifersüchtigen Zorn zu mildern.

Als Danforth darum gebeten wurde, bat er um Erlaubnis, seine Antwort auf den Morgen verschieben zu dürfen, und die Jäger verließen das Haus, um das Wild zu teilen, das in der allgemeinen Aufregung vergessen worden war.

Danforth, der bis zuletzt gezögert hatte, nahm seine Mütze, flüsterte Martha gute Nacht zu und verließ das Haus. Das arme Mädchen beachtete seinen Weggang kaum. Ihre Augen füllten sich mit Tränen, und sie setzte sich auf ein Sofa, das an einem Ende des Zimmers entlanglief, verschränkte ihre Arme auf einem Brett, das als Rückenlehne diente, vergrub ihr Gesicht darauf und weinte heftig.

Als sie in dieser Position blieb, hörte sie einen vertrauten Schritt auf dem Boden. Ihr Herz schlug schnell, flatterte einen Moment und kehrte dann wieder zu seinem regelmäßigen Pulsschlag zurück, denn ihr Geliebter hatte sich neben sie gesetzt. Martha wischte sich die Tränen aus den Augen und schwieg, denn sie wusste, dass er zurückgekehrt war, und mit diesem Wissen war der Geist der Koketterie wiederbelebt; und als Jones, durch ihre offensichtliche Trauer besänftigt – denn er hatte gesehen, wie sie sich von Danforth trennte –, seine Hand sanft unter ihre Stirn legte und ihr Gesicht hob, lachte das Geschöpf – es lachte über seine Torheit, wie er dachte.

„Martha, du tust Unrecht – Unrecht an dir selbst und an mir", sagte der enttäuschte Liebhaber, erhob sich empört und nahm seinen Hut, mit dem er zur Tür ging.

„Geh nicht", sagte Martha, drehte ihren Kopf, bis nur noch eine Wange auf ihrem Arm ruhte, und warf einen halb reuigen, halb komischen Blick auf ihren sich zurückziehenden Liebhaber; „Geh nicht so; wenn du es tust, wird es dir sehr leid tun."

Jones zögerte – sie wurde sehr ernst – die Tränen traten ihr in die Augen und sie sah überaus reuig aus. Er kehrte an ihre Seite zurück. Hätte er damals an ihre Gefühle appelliert – hätte er von dem Schmerz gesprochen, den sie ihm zugefügt hatte, als sie einen anderen ermutigte, hätte sie den Fehler mit aller angemessenen Demut eingestanden; aber so etwas tat er nicht – er war ein Mann mit gesundem Menschenverstand, und er beschloss, seinen ersten Liebesstreit auf vernünftige Weise zu beenden, als ob gesunder Menschenverstand jemals etwas mit Liebesstreitigkeiten zu tun hätte . „Ich werde mit ihr reden", dachte er. „Er wird sagen, dass ich ihn sehr unglücklich gemacht habe, und ich werde ihm sagen, dass es mir sehr leid tut", dachte *sie*
.

„Martha", sagte er ganz bestimmt, „warum finde ich Sie so vertraut mit diesem Kerl aus Manhattan?"

Martha war enttäuscht. Er sprach viel zu ruhig, und in dem Wort „Gefährte" lag eine sarkastische Betonung, die ihren Stolz weckte. Die Lippen, die gerade vor Reue zu zittern begonnen hatten, formten sich zu einer schmollenden Fülle, bis sie der Rosenknospe ähnelten, die gerade in Blätter aufbricht. Mit der Miene eines verwöhnten Kindes war ihre runde Schulter kleinmütig ihrem Geliebten zugewandt, und sie antwortete: „Er hat immer Fehler gefunden."

Jones nahm ihre Hand und versuchte sie auf seine vernünftige Weise davon zu überzeugen, dass sie Unrecht hatte, und handelte wild, töricht und in sorgloser Missachtung ihres eigenen Glücks.

Wie zu erwarten war, entzog die schöne Landsfrau ihre Hand, wandte ihre Schulter entschiedener ihrem Geliebten zu und erklärte in Tränen ausbrechend, dass sie ihm danken würde, wenn er aufhören würde zu schimpfen, und dass es ihr egal sei, wenn sie ihn nie zu Gesicht bekomme wieder auf ihn.

Er hätte protestiert; „Hören Sie auf Ihren gesunden Menschenverstand", sagte er und streckte seine Hand aus, um ihre zu ergreifen.

„Ich hasse den gesunden Menschenverstand!" rief sie und schleuderte seine Hand weg; „Ich werde nichts mehr von deinen Vorträgen hören – geh aus dem Haus und sprich nie wieder mit mir, solange du lebst."

Mr. Arthur Jones nahm seinen Hut, setzte ihn absichtlich auf seinen Kopf und verließ das Haus. Schweren Herzens sah Martha zu, wie seine schlanke Gestalt in der Dunkelheit verschwand und sich dann zu ihrem Bett in der Mansarde verkroch.

„Er wird morgen früh anrufen, bevor er anfängt; er wird es nicht übers Herz bringen, wegzugehen, ohne ein Wort zu sagen – ich bin mir sicher, dass er das nicht tun wird", wiederholte sie sich immer wieder, während sie schluchzend dalag Sie weinte in dieser Nacht reumütige Tränen auf ihrem Kissen.

Als William die Holzschenke verließ, ging er in den Wald und nahm Kurs auf den Teich. Es schien Mond, aber der Himmel war bewölkt, und das kleine Licht, das zur Erde fiel, war zu schwach, um das dichte Laubwerk der Wildnis zu durchdringen. Danforth muss mit dem Weg vertraut gewesen sein, denn er fand ohne Schwierigkeiten seinen Weg durch die Wildnis und hielt nie an, bis er am Nordufer des Teiches ankam. Er blickte besorgt über das Gesicht des kleinen Sees. Der unruhige Mond hatte sich aus einer Wolke gelöst und berührte die winzigen Wellen mit Schönheit, während das zerbrochene, felsige Ufer ihn wie ein Rahmen aus Ebenholz mit Schatten umgab. Auf seiner Brust war kein Fleck; Kein Laut war zu hören, außer der Abendbrise, die auf dem Wasser kräuselte und in den Baumwipfeln eine süße, flüsternde Melodie erzeugte.

Plötzlich wurde auf einer Landzunge, die aus dem gegenüberliegenden Ufer herausragte, ein Licht wie von einer Kiefernfackel gesehen. Noch eine und noch eine blitzte auf, jede zielte in eine bestimmte Richtung, und dann stiegen unzählige Flammen hoch und hell auf, erleuchteten den ganzen Punkt und schossen ihr feuriges Spiegelbild wie ein Meteor fast über die Wasseroberfläche.

„Ja, sie bereiten sich auf die Arbeit vor", murmelte Danforth, als er sah, wie sich eine Schar bemalter Krieger um das Lagerfeuer aufstellte, jeder mit seinem Feuerschloss in der Hand. Es gab eine allgemeine Bewegung. Dunkle Gesichter huschten schnell hintereinander zwischen ihm und dem Feuer hin und her, während die Krieger den schweren Marsch oder Kriegstanz aufführten, der normalerweise dem Abzug einer feindlichen Gruppe vorausging.

Danforth verließ das Ufer und erreichte nach einer halben Stunde schnellen Fußmarsches in schräger Richtung das Lager der Indianer. Er schlängelte sich durch die Ansammlung von Rindenwigwams, bis er zu einem gelangte, der am Rande der Einzäunung stand . Es war aus Baumstämmen und wurde im Hinblick auf den Komfort errichtet, den die anderen wollten. Der junge Jäger zog die Matte beiseite, die über dem Eingang hing, und blickte hinein. Am gegenüberliegenden Ende saß ein junges Indianermädchen auf einem Haufen Pelze. Sie trug keine Farbe – ihre Wangen waren rund und glatt, und große, gazellenartige Augen verliehen ihrem Gesicht einen sanften Glanz, unbeschreiblich schön. Ihr Kleid war ein Gewand aus dunklem Chintz, das am Hals offen war und in der Taille von einem schmalen Gürtel aus

Wampum begrenzt wurde, der mit den Perlenarmbändern an ihren nackten Armen und den bestickten Mokassins über ihren Füßen die einzige Indianerin war Schmuck um sie. Sogar ihr Haar, das alle Mitglieder ihres Stammes voller Ornamente trugen und über den Rücken herabhingen, war zu rabenschwarzen Bändern geflochten und über ihre glatte Stirn gewickelt. Ein Säugling, fast nackt, lag auf ihrem Schoß, warf seine entfesselten Gliedmaßen hin und her und hob seine kleinen Hände zum Mund seiner Mutter, während sie auf ihrem Sitz aus Fellen hin und her schaukelte und mit süßer, sanfter Stimme „…" sang Last eines indischen Schlafliedes. Als die Gestalt des Jägers den Eingang verdunkelte, sprang das Indianermädchen mit einem Ausdruck liebevoller Freude auf und ging, ihr Kind auf dem Häufchen Fell liegend, auf ihn zu.

„Warum hat der weiße Mann seine Frau so viele Nächte verlassen?" sagte sie in ihrem gebrochenen Englisch und schmiegte sich liebevoll an ihn; „Der Junge und seine Mutter haben lange auf den Klang seiner Mokassins gelauscht."

Danforth legte seinen Arm um die Taille seiner indischen Frau, zog sie an sich und beugte seine Wange zu ihrer, als ob diese leichte Liebkosung eine ausreichende Antwort auf ihren sanften Gruß wäre, und so geschah es; Ihr ungebildetes Herz, reich an natürlichen Zuneigungen, hatte kein Ziel, keinen Zweck, außer der Liebe, die sie zu ihrem weißen Ehemann hegte. Die Gefühle, die im zivilisierten Leben über tausend Objekte verstreut sind, konzentrierten sich in ihrem Schoß auf ein einziges Wesen; Er vertrat den Platz aller hohen Bestrebungen – aller Leidenschaften und Gefühle, die durch die Gesellschaft zur Stärke gebracht werden, und als ihr Mann seinen Kopf zu ihrem neigte, verdunkelte sich das Blut auf ihren Wangen, und ihre großen, feuchten Augen strahlten vor Freude.

„Und was hat Malaeska gemacht, seit der Vater des Jungen in den Wald gegangen ist?" fragte Danforth, als sie ihn zum Sofa zog, wo das Kind halb vergraben im reichen Fell lag.

„ Malaeska war allein im Wigwam und hat den Schatten der großen Kiefer beobachtet. Als ihr das Herz weh tat, schaute sie in die Augen des Jungen und war froh", antwortete die indische Mutter und legte das Kind in die Arme seines Vaters.

Danforth küsste das Kind, dessen Augen zweifellos eine auffallende Ähnlichkeit mit seinen eigenen hatten; und indem er das glatte, schwarze Haar von der Stirn trennte, die kaum einen Hauch vom Blut seiner Mutter trug, murmelte er: „Schade, dass der kleine Kerl nicht ganz weiß ist."

Die indische Mutter nahm das Kind und legte mit einem Blick stolzen Kummers ihren Finger auf seine Wange, die von englischem Blut rosig war.

„ Malaeskas Vater ist ein großer Häuptling – der Junge wird ein Häuptling im Stamm ihres Vaters sein; aber Malaeska denkt nie daran, als sie sieht, wie das Blut des weißen Mannes in das Gesicht des Jungen strömt." Sie drehte sich erneut traurig zu ihrem Platz um.

„Er wird ein mutiger Häuptling sein", sagte Danforth, der darauf bedacht war, die Auswirkungen seiner unbeabsichtigten Rede abzumildern; „Aber sag mir, Malaeska , warum haben die Krieger das Ratsfeuer angezündet? Ich habe es am Teich lodern sehen, als ich vorbeikam."

Malaeska konnte nur mitteilen, dass die Leiche eines toten Indianers in der Abenddämmerung ins Lager gebracht worden sei und dass er vermutlich von einigen Weißen aus der Siedlung erschossen worden sei. Sie sagte, der Häuptling habe sofort einen Rat einberufen, um über die besten Mittel zur Rache für den Tod ihres Bruders zu beraten.

Danforth hatte diese Bewegung der Wilden gefürchtet, und um ihren Zorn zu mildern, suchte er zu so später Stunde das Lager auf. Er hatte die Tochter ihres Häuptlings geheiratet und war daher ein Mann von beträchtlicher Bedeutung im Stamm. Aber er hatte das Gefühl, dass seine größte Anstrengung sie möglicherweise nicht von ihrem Rachegedanken abhalten würde, nachdem einer von ihnen von den Weißen getötet worden war. Er verspürte die Notwendigkeit seiner unmittelbaren Anwesenheit im Rat, verließ das Wigwam und ging in flottem Schritt zum Rand des Teiches. Er kam aus dem dichten Wald, der etwas oberhalb der Stelle, an der sich die Indianer versammelten, an den Rand grenzte. Ihr Tanz war zu Ende, und aus den wenigen kehligen Tönen, die ihn erreichten, wusste Danforth, dass sie den Tod einiger bestimmter Personen planten, der wahrscheinlich ihrem Angriff auf die Siedlung vorausgehen sollte. Das Ratsfeuer strömte noch immer hoch in die Luft, rötete das Wasser und erleuchtete die Bäume und den Vordergrund mit einem wunderschönen Effekt, während die felsige Spitze aus smaragdgrünen Kieselsteinen zu bestehen schien, so strahlend war der darüber geworfene Widerschein, und so deutlich zeigte er das gemalte Formen der Wilden, wie sie im Kreis um das Feuer saßen, jeder mit seiner Waffe träge neben sich liegend. Das Licht lag voll auf dem glitzernden Wampum und dem gefiederten Wappen eines Mannes, der sich mit mehr Energie an sie wandte, als es bei einem indischen Krieger üblich ist.

Danforth war zu weit entfernt, um die Rede genau mithören zu können, aber mit einem Gefühl vollkommener Sicherheit verließ er den tiefen Schatten, in dem er stand, und näherte sich dem Ratsfeuer. Als das Licht auf ihn fiel, sprangen die Indianer auf, und ein wilder Schrei erfüllte die Luft, als ob eine Schar von Unholden bei ihren Orgien gestört worden wäre. Wieder und wieder wurde der wilde Schrei wiederholt, bis der Wald von dem wilden Echo widerhallte, das unsanft aus den Höhlen heraufbeschworen wurde. Als der junge Jäger vor Erstaunen über die seltsame Aufregung stand, wurde er von den Wilden ergriffen und vor ihren Häuptling gezerrt, während die Gruppe um ihn herum wütend schnelle und schreckliche Rache für den Tod ihres getöteten Bruders forderte. Die Wahrheit schoss dem Jäger durch den Kopf. Es war der Tod, den sie geplant hatten. Er war es Sie sollten die Indianermörder sein. Er protestierte und erklärte sich unschuldig am Tod des roten Mannes. Es war vergebens. Er war von einem Stammesangehörigen auf dem Berg gesehen worden , keine fünf Minuten bevor die Leiche des Indianers gefunden wurde. Fast verzweifelt wandte sich der Jäger an den Häuptling.

„Bin ich nicht Ihr Sohn – der Vater eines jungen Häuptlings – einer aus Ihrem eigenen Stamm ?" sagte er mit ansprechender Energie.

Das finstere Gesicht des Häuptlings veränderte sich nie, als er in seiner eigenen Sprache antwortete: „Der rote Mann hat eine Klapperschlange mitgenommen, um sich in seinem Wigwam zu wärmen – der Krieger wird ihm den Kopf zertreten!" und mit einem grimmigen Grinsen zeigte er auf den Haufen harzigen Holzes, den die Wilden auf dem Ratsfeuer aufhäuften.

Danforth sah sich in der Gruppe um, die sich auf seine Vernichtung vorbereitete. Jedes düstere Gesicht war von einem dämonischen Durst nach Blut erleuchtet, die heißen Flammen zitterten in der Luft, ihre herrlichen Farbtöne vermischten sich und schossen wie eine Spitze lebendiger Regenbögen in die Höhe, während tausend feurige Zungen zischten und vorwärtsschossen wie Vipern, die begierig nach ihnen strebten Beute, leckte die frischen Tannenzweige, die für seinen Todesscheiterhaufen aufgehäuft waren. Es war ein furchteinflößender Anblick, und das Herz des tapferen Jägers zitterte, als er hinsah. Mit einem weiteren wilden Schrei packten die Indianer ihr Opfer und wollten es ihm für das Opfer ausziehen. In ihrer blinden Wut rissen sie ihn aus den Armen derer, die ihn festhielten, und waren zu sehr darauf bedacht, ihn seiner Kleidung zu entledigen, um zu bemerken, dass seine Gliedmaßen frei waren. Aber er war nicht so vergesslich. Er sammelte seine Kräfte für einen letzten Versuch und versetzte dem ihm am nächsten stehenden Wilden einen Schlag in die Brust, der ihn zwischen seinen Anhängern hin und her taumeln ließ. Dann nutzte er die Verwirrung aus, riss seine Mütze ab und sprang mit dem Satz eines freigelassenen Tigers vorwärts , stürzte in den See. Ein Schrei zerriss die Luft, und Dutzende dunkelhäutiger Männer durchbrachen das Wasser, um sie zu verfolgen.

Glücklicherweise befand sich eine Wolke über dem Mond und der Flüchtling blieb unter Wasser, bis er den Schatten erreichte, den das dicht bewaldete Ufer warf, wo er sich für einen Moment erhob, sich abstützte und seine Mütze in Richtung der Mitte des Teiches warf. Die List hatte Erfolg, denn in diesem Moment kam der Mond heraus, und mit erneutem Geschrei machten sich die Wilden auf die Suche nach der leeren Kappe. Bevor sie ihren Fehler merkten, hatte Danforth unter dem freundlichen Ufer beträchtliche Fortschritte gemacht und eroberte den Wald, gerade als die Schar von Indianerköpfen in eifriger Verfolgungsjagd in den Schatten trat.

Der Flüchtling stand einen Moment lang unentschlossen am Waldrand, denn er wusste nicht, welchen Weg er einschlagen sollte.

„Ich habe es; sie werden nie auf die Idee kommen, dort nach mir zu suchen“, rief er aus, rannte durch das Unterholz und schlug die Richtung „der Straka “ ein. Der Schrei der Verfolger traf sein Ohr, als sie das Land erreichten. Weiter, weiter sprang er mit der Schnelligkeit eines gejagten Hirsches durch Sumpf und Unterholz und über Felsen. Er huschte, bis er in Sichtweite seines eigenen Wigwams kam. Das Geräusch der Verfolgung war verstummt, und er begann zu hoffen, dass die Wilden den Weg eingeschlagen hatten, der zur Siedlung führte.

Atemlos vor Anstrengung betrat er die Hütte. Der Junge schlief, aber seine Mutter wartete auf die Rückkehr ihres Mannes.

„ Malaeska “, sagte er und traf sie an sein keuchendes Herz: „ Malaeska , wir müssen uns trennen; dein Stamm sucht mein Leben; Krieger sind jetzt auf meiner Spur – jetzt! Hörst du ihre Rufe?“ er fügte hinzu.

Aus dem Wald unten ertönte ein wilder Schrei, und er zwang die Arme zurück, die sie um ihn geworfen hatte, ergriff eine Kriegskeule und machte sich zum Angriff bereit.

Malaeska sprang zur Tür und blickte mit der Miene einer verängstigten Hirschkuh hinaus. Sie stürzte zurück zum Fellhaufen, legte das schlafende Kind auf die nackte Erde, bedeutete ihrem Mann, sich hinzulegen, und häufte die Felle über seinen liegenden Körper. Dann nahm sie das Kind auf den Arm, streckte sich auf dem Stapel aus, zog ein Bärenfell über sich und tat so, als würde sie schlafen. Sie hatte sich kaum gefasst, als drei Wilde das Wigwam betraten. Einer trug einen brennenden Tannenzweig, mit dem er sich auf die Suche nach dem Flüchtigen machte. Während die anderen zwischen den spärlichen Möbeln beschäftigt waren, näherte er sich der zitternden Frau, und nachdem er erfolglos zwischen den Pelzen umhergetastet hatte, hob er die Bärenfelle hoch, die sie bedeckten; Aber ihr süßes Gesicht im scheinbaren Schlaf und das wunderschöne Kind, das an ihrer Brust lag, waren alles, was seine Suche belohnte. Als ob ihre Schönheit

Macht hätte, den Wilden zu zähmen, legte er die Decke vorsichtig wieder über ihren Körper und verließ im Gespräch mit seinen Gefährten die Hütte, ohne zu versuchen, sie weiter zu stören.

Malaeska blieb in ihrem vorgetäuschten Schlaf, bis sie hörte, wie die Indianer wieder in den Wald zogen. Dann stand sie auf und nahm die Häute von ihrem Mann, der darunter fast erstickte. Als er wieder auf den Beinen war, gab sie ihm die Kriegskeule in die Hand, nahm das Kind und ging voran zum Eingang der Hütte. Danforth erkannte durch die Tat, dass sie beabsichtigte, ihren Stamm zu verlassen und ihn auf seiner Flucht zu begleiten. Er hatte nie daran gedacht, sie den Weißen als seine Frau vorzustellen, und nun, da die Umstände es für ihn notwendig machten, sich für immer von ihr zu trennen oder sie als Zufluchtsort zu seinem Volk zu nehmen, empfand er einen Schmerz, wie er ihn noch nie verspürt hatte. kam ihm zu Herzen. Seine Zuneigung kämpfte heftig mit seinem Stolz. Das Bild seiner Schande – der Verachtung, mit der seine Eltern und Schwestern die indische Frau und das halb indische Kind empfangen würden, bot sich ihm vor, und er hatte nicht den moralischen Mut, die Erniedrigung zu riskieren, die ihre Kameradschaft über ihn bringen würde. Diese widersprüchlichen Gedanken schossen ihm augenblicklich durch den Kopf, und als seine Frau an der Tür stehen blieb, ihm ängstlich ins Gesicht sah und ihn winkte, ihm zu folgen, sagte er scharf, denn sein Gewissen war unruhig:

„ Malaeska , ich gehe allein; du und der Junge müsst bei euren Leuten bleiben.“

Seine Worte hatten eine vernichtende Wirkung auf den armen Inder. Ihre Gestalt senkte sich, und sie hob den Blick mit einem Ausdruck, der so von Demütigung und Vorwurf durchdrungen war, dass das Herz des Jägers in seiner Brust schmerzhaft pochte. Langsam und als ob ihre Seele und Kraft gelähmt wären, kroch sie zu den Füßen ihres Mannes, sank auf die Knie und hielt das Kind hoch.

„ Malaeskas Brust wird sterben und der Junge wird niemanden haben, der ihn füttert“, sagte sie.

Dieses schöne Kind – diese junge Mutter, die in ihrer Demütigung kniete – diese großen dunklen Augen, die vor der Intensität ihrer Fürsorge trüb waren, und diese Stimme voller zärtlicher Bitten – das Herz des Mannes konnte ihnen nicht widerstehen. Seine Brust bebte, Tränen sammelten sich in seinen Augen, und er hob die Indianerin und ihr Kind an seine Brust und küsste sie beide immer wieder.

„ Malaeska “, sagte er und drückte sie fest an sein Herz, „ Malaeska , ich muss jetzt gehen; aber wenn sieben Sonnen vergangen sind, werde ich wiederkommen; oder, wenn der Stamm immer noch mein Leben sucht, nimm das Kind und komm zu dir." die Siedlung. Ich werde da sein.

Die Inderin senkte demütig den Kopf.

„Der weiße Mann ist gut. Malaeska wird kommen", sagte sie.

Noch eine Umarmung, und die arme indische Frau war allein mit ihrem Kind.

Die arme Martha Fellows stand früh auf und wartete mit nervöser Ungeduld auf das Erscheinen ihres Geliebten; Aber der Morgen verging, die Mittagsstunde nahte, und er kam nicht. Das Herz der Jungfrau wurde schwer, und als ihr Vater zum Essen hereinkam, waren ihre Augen rot vom Weinen, und eine Wolke aus gemischtem Kummer und Gereiztheit verdunkelte ihr hübsches Gesicht. Am liebsten hätte sie ihren Vater über Jones befragt, aber er hatte seine braune Tonschüssel zweimal mit Pudding und Milch aufgefüllt , bevor sie den Mut aufbringen konnte, etwas zu sagen.

„Haben Sie Arthur Jones heute Morgen gesehen?" fragte sie schließlich mit leiser, schüchterner Stimme.

Die Antwort, die sie erhielt, war eine völlig ausreichende Strafe für all ihre koketten Torheiten der vergangenen Nacht. Jones hatte die Siedlung verlassen – im Zorn auf sie, ohne ein Wort der Erklärung – ohne sich überhaupt zu verabschieden. Es war wirklich schwer. Die kleine Kokette litt schrecklich unter Herzschmerz, bis er ihn verscheuchte, indem er ihr von dem Abenteuer erzählte, das Danforth bei den Indianern erlebt hatte, und von seiner Abreise mit Arthur Jones auf der Suche nach Hilfe in der nächstgelegenen Siedlung. Der alte Mann fügte düster hinzu, dass die Wilden zweifellos die Häuser über ihren Köpfen niederbrennen und jedes Lebewesen darin niedermetzeln würden, lange bevor die beiden tapferen Kerle mit den Menschen zurückkehren würden. Das waren in der Tat die schrecklichen Ängste fast aller Menschen in der kleinen Nachbarschaft. Ihre Befürchtungen waren jedoch verfrüht. Ein Teil des Indianerstammes war auf eine Jagdreise in die Berge gegangen und wusste nichts von dem tödlichen Schuss, mit dem Jones die Feindseligkeit ihrer Brüder erregt hatte; während diejenigen, die blieben, in einer erfolglosen Verfolgungsjagd nach Danforth zerstreut wurden.

Am Nachmittag des fünften Tages nach der Abreise ihrer Abgesandten begannen die Weißen, eindeutige Symptome eines Angriffs zu erkennen; und nun täuschten sie ihre Ängste nicht. Die Jagdgruppe war in ihr Lager zurückgekehrt und die einzelnen Gruppen versammelten sich um „die Straka ". Gegen Einbruch der Dunkelheit erschien ein Indianer am Rande der Lichtung, als wollte er die Position der Weißen auskundschaften. Kurz darauf wurde ein Schuss auf den zuvor erwähnten Engländer abgefeuert, als er von seiner Arbeit zurückkehrte, der durch die Krone seines Hutes ging. Dass Feindseligkeiten begannen, stand nun außer Zweifel, und die Männer der Siedlung trafen sich zu einem feierlichen Konklave, um Maßnahmen zur Verteidigung ihrer Frauen und Kinder zu erarbeiten. Ihre knappen Vorbereitungen waren bald getroffen; alle waren in düsterer Besorgnis um eines der größten Häuser versammelt; die Frauen und Kinder darin und der Mann, der davor steht und den strengen Entschluss gefasst hat, für die Verteidigung ihrer Lieben zu sterben. Plötzlich erklang ein Geräusch aus dem Wald, das Trampeln vieler Füße und das Knistern von Reisig, als würde sich eine große Gruppe Männer einen Weg durch den verworrenen Wald bahnen. Die Frauen verneigten sich mit blassen Gesichtern, nahmen ihre Kinder in die Arme und warteten entsetzt auf den Angriff. Die Männer standen bereit, jeder ergriff seine Waffe, ihre Gesichter waren blass und ihre Augen leuchteten vor strengem Mut, als sie das unterdrückte Stöhnen der geliebten Gegenstände hörten, die sich schutzsuchend hinter ihnen kauerten. Der Klang wurde näher und deutlicher; Dunkle Gestalten waren zu sehen, wie sie sich undeutlich zwischen den Bäumen bewegten, und dann kam eine Reihe Männer auf die Lichtung. Sie waren Weiße, angeführt von William Danforth und Arthur Jones. Die Siedler stießen einen lauten Schrei aus, warfen ihre Waffen nieder und rannten in Scharen den Neuankömmlingen entgegen. Die Frau sprang auf, einige weinten, andere lachten vor hysterischer Freude, und alle umarmten ihre Kinder mit hektischer Energie.

Nie gab es willkommenere Gäste als die Dutzende müder Männer, die sich an diesem Abend in den verschiedenen Häusern der Siedlung erfrischten. Es wurden Wächter aufgestellt, und jeder Siedler kehrte in Begleitung von drei oder vier Gästen in seine Behausung zurück. jedes Herz schlug hoch, bis auf eines – Martha Fellows; Sie, das arme Mädchen, war traurig unter dem allgemeinen Jubel; Ihr Geliebter hatte nicht mit ihr gesprochen, obwohl sie neben ihm in der Menge herumlungerte und ihn einmal beinahe berührt hätte. Anstatt wie üblich direkt zum Haus ihres Vaters zu gehen, nahm er die Einladung des Engländers an und begab sich zum Schlafen in dessen Wohnung.

Nun hatte dieser Engländer eine Nichte bei sich, die von manchen für schöner gehalten wurde als Martha selbst. Das bescheidene Mädchen dachte an Jones und an die strahlend blauen Augen des englischen Mädchens, bis ihr Herz von denselben eifersüchtigen Gefühlen brannte, die sie an ihrem Geliebten so lächerlich gemacht hatte.

„Ich werde ihn sehen! Ich werde sie beide sehen!“ rief sie und sprang von der Hütte auf, in der sie voller eifersüchtiger Angst geblieben war, seit sich die Menge zerstreut hatte; Und unbeachtet von ihrem Vater, der den fünf Fremden, die bei ihm einquartiert waren, von seinen Jagdausflügen erzählte, wischte sie ihre Tränen weg, warf sich einen Schal über den Kopf, nahm eine Tasse als Vorwand, etwas zu borgen, und verließ das Haus.

Die Behausung des Engländers lag am äußeren Rand der Lichtung, knapp im Schatten des Waldes. Martha hatte den Eingang fast erreicht, als eine dunkle Gestalt aus ihrem Versteck im Unterholz hervorstürzte, sie grob packte und zurück in die Wildnis stürzte. Das verängstigte Mädchen stieß einen fürchterlichen Schrei aus; denn die wilden Augen, die auf sie herabstarrten, waren die eines Wilden. Sie konnte den Schrei nicht wiederholen, denn der Unglückliche drückte sie mit einem eisernen Griff an seine nackte Brust, und als er seine Hand in ihr Haar wickelte, war er im Begriff, sie zu Boden zu schleudern. In diesem Moment pfiff eine Kugel an ihrer Wange vorbei. Der Indianer festigte seinen Griff mit krampfhafter Heftigkeit, taumelte zurück und fiel zu Boden, während er sie immer noch in seinem Todesgriff umklammerte; einen Moment lang krümmte er sich in Todesangst – warmes Blut ergoss sich über sein Opfer – das Herz unter ihr kämpfte heftig in seinen letzten Wehen; Dann entspannten sich die leblosen Arme und sie lag ohnmächtig auf einer Leiche.

KAPITEL II.

Er lag auf dem zertretenen Boden,
sie kniete dort neben ihm,
während ein purpurroter Bach langsam unter
seinem Haarscheitel
floss . Sein Kopf war an ihre Brust geworfen –
Sie schluchzte seinen Vornamen –
Er lächelte, denn er kannte sie immer noch,
Und bemühte sich, dasselbe zu tun. – Frank
LEE BENEDICT.

„Oh, Arthur! lieber Arthur, ich bin froh, dass du es warst, der mich gerettet hat", flüsterte Martha etwa eine Stunde nach ihrer Rettung, als sie auf der Couch im Haus ihres Vaters lag und Arthur Jones sich besorgt über sie beugte.

Jones ließ die Hand, die er gehalten hatte, fallen und wandte sich mit besorgtem Gesichtsausdruck ab.

Martha sah ihn an und ihre Augen waren voller Tränen. „Jones", sagte sie demütig und sehr liebevoll, „Jones, ich habe neulich Nacht Unrecht getan, und es tut mir leid; wirst du mir verzeihen?"

„Das werde ich – aber nie wieder – nie, so gut ich lebe", antwortete er mit einer strengen Entschlossenheit in seiner Art, begleitet von einem Blick, der sie zutiefst demütigte. In späteren Jahren, als Martha Arthur Jones' Frau war und die Regungen der Eitelkeit sie dazu gebracht hätten, mit seinen Gefühlen zu spielen, erinnerte sie sich an diesen Blick und wagte es nicht, ihm ein zweites Mal zu trotzen.

Bei Sonnenaufgang am nächsten Morgen marschierte eine Streitmacht in den Wald, bestehend aus allen, die aus der Siedlung entbehrlich waren, etwa dreißig Kämpfer. Die Indianer, die rund um „die Straka " lagerten, hatten diese Zahl mehr als verdoppelt, doch die Handvoll tapferer Weißer beschloss, ihnen einen entscheidenden Kampf zu bieten.

Die kleine Gruppe näherte sich gerade dem nordöstlichen Ende des Teiches, als sie für einen Moment anhielten, um sich auszuruhen. Der Platz, auf dem sie standen, war eben und dünn bewaldet. Einige saßen im Gras, andere stützten sich auf ihre Gewehre und berieten sich über ihre künftigen Schritte, als ein teuflischer Schrei erklang, der dem Geheul tausender wilder Tiere ähnelte, und als hätte die Erde gegähnt, um ihn auszustoßen, eine Schar von ihnen Krieger schossen in erschreckender Zahl an der Vorder- und Rückseite auf, und als sie, drei nebeneinander, auf sie zukamen, feuerten sie mit schrecklichem Blutbad auf die Gruppe.

Die Weißen erwiderten ihr Feuer und die Geräusche des mörderischen Streits waren in der Tat schrecklich. Der Schrei des weißen Mannes erklang streng inmitten des Feuers der Gewehre und des Zischens der Tomahawks, als sie mit ihrer blutigen Botschaft durch die Luft schossen. Vor allem ertönte das Kriegsgeschrei der Wilden, manchmal heiser und wie das Knurren von tausend Bären; dann als das Bellen ebenso vieler Wölfe und dann wieder schärfer zum schrillen, überirdischen Schrei eines Wildkatzenstamms. Oh, es war furchteinflößend, dieser Schauplatz des Gemetzels. Herz an Herz und Maul an Maul kämpften der weiße und der rote Mann in schrecklicher Auseinandersetzung. Die Bäume über ihnen hingen unter einer Rauchwolke, und ihre Stämme waren von Schnittwunden übersät, die von den Tomahawks verursacht worden waren, die ihr tödlicheres Ziel verfehlt hatten. Der Boden war mit Toten beladen, und doch tobte der Streit immer heftiger, bis die Sonne unterging.

Mitten im Kampf befand sich William Danforth. Viele düstere Gestalten bissen in den Staub, und manch ein wildes Geheul folgte dem Abfeuern seiner treuen Waffe. Aber schließlich wurde es durch fortgesetzten Gebrauch schmutzig, und er ging an den Rand des Teiches, um es zu waschen. Er bückte sich gerade zum Wasser, als die dunkle Gestalt eines Indianerhäuptlings wenige Meter von ihm entfernt seinen Schatten warf. Auch er war heruntergekommen, um seine Waffe zu reinigen. Sobald er sein Ziel erreicht hatte, wandte er sich an den weißen Mann, der für ihn wie ein Sohn gewesen war, richtete seine muskulöse Gestalt auf die höchste Höhe und äußerte einen Trotz in der indischen Sprache. Sofort wurden die Waffen beider geladen und abgefeuert. Die große Gestalt des Häuptlings schwankte einen Moment lang unsicher und fiel dann mit halber Länge nach vorne in den Teich. Er strebte danach, aufzustehen. Seine Hände fuhren wild über das purpurrote Wasser, die Schläge wurden schwächer und der Häuptling war tot.

Die untergehende Sonne fiel strahlend auf die glitzernde Kleidung des niedergestreckten Häuptlings – sein langes, schwarzes Haar wehte über das Wasser, und die winzigen Wellen kräuselten sich verspielt zwischen den prächtigen Federn, die einst seine wilde Krone bildeten. Etwas weiter hinten, am grünen Ufer, lag Danforth todverwundet. Er versuchte, auf das Schlachtfeld zu kriechen, aber das Blut strömte erneut aus seinen Wunden und er fiel kraftlos und verzweifelt auf die Erde zurück.

Die Wilden zogen sich zurück; Die Geräusche des Streits wurden immer weiter entfernt und der arme Junge blieb mit der Leiche des getöteten Kriegers allein zurück. Er machte einen weiteren verzweifelten Versuch und sicherte sich die Waffe, die dem Häuptling gehört hatte; Obwohl er vor Blutverlust ohnmächtig war, lud er dieses und sein eigenes auf, stellte sie neben sich und beschloss, den Rest des Lebens zu verteidigen, doch sein Herz zitterte bis zum letzten Moment. Die Sonne ging langsam unter; Die Dunkelheit senkte sich wie ein Schleier über dergleichen, und da lag er verwundet und allein in der Einsamkeit der Wildnis. Ernst und Bedauern waren die Gedanken des verlassenen Mannes, als diese Nacht der Qual verging. Nun schwebte sein Herz voller seltsamer und schrecklicher Angst vor den schattigen Portalen der Ewigkeit, die sich vor ihm öffneten; Wieder wandte er sich mit einem starken Gefühl der Selbstverurteilung seiner indischen Frau und dem kindlichen Versprechen der großen Liebe zu, die ihn um ihretwillen beinahe dazu gebracht hatte, Verwandte und Menschen zu verlassen.

Der Mond ging auf, und der dichte Schatten einer Hemlocktanne, unter die er gefallen war, lag nur wenige Fuß von ihm entfernt wie der Flügel eines großen Vogels und schwankte langsam vorwärts, mit einem unmerklichen und doch sicheren Fortschritt. Die Augen des Sterbenden waren mit scharfem, intensivem Blick auf den Rand des Schattens gerichtet. Es lag etwas Schreckliches in seinem heimlichen, schleichenden und lautlosen Vordringen, und er bemühte sich, ihm zu entkommen, als wäre es ein Lebewesen gewesen; aber bei jeder Bewegung strömte das Blut erneut aus seinem Herzen, und er fiel zurück auf die Grasnarbe, seine weißen Zähne bissen sich vor Schmerz und seine Hände vergruben sich tief im feuchten Moos. Noch immer glitzerten seine scharfen Augen im Mondlicht mit dem fieberhaften Wirken von Schmerz und Fantasie. Der Schatten, dem sie sich zuwandten, war für ihn kein Schatten, sondern ein Nest von Schlangen, die mit ihren heimtückischen Windungen auf ihn zukrochen; und wieder ein Leichentuch – ein schwarzes Leichentuch, das von unsichtbaren Geistern vorwärts gezerrt wurde und ihn für immer vom Licht ausschließen würde. Langsam und sicher kroch es über seine feuchte Stirn und über seine leuchtenden Augen. Seine Zähne öffneten sich, seine Hände entspannten sich, und ein sanftes Lächeln breitete sich über seine blassen Lippen aus, als er spürte, mit welcher kühlen und geistlichen Berührung es ihn erfasste. In diesem Moment vermischte sich ein menschlicher Schatten mit dem des Baumes, und das Weinen eines Kindes ertönte in der stillen Nachtluft. Der sterbende Jäger wehrte sich und versuchte zu schreien : „ Malaeska – Ma – Ma – Mala –"

Das arme indische Mädchen hörte die Stimme und sprang mit einem Schrei, halb aus rasender Freude, halb aus Angst, an seine Seite. Sie warf ihr Kind ins Gras, drückte ihren sterbenden Mann an ihr Herz und küsste seine feuchte Stirn in wilder, eifriger Qual der Trauer.

„ Malaeska ", sagte der junge Mann und versuchte, seine Arme um sie zu legen, „mein armes Mädchen, was wird aus dir? O Gott! Wer wird sich um meinen Jungen kümmern?"

Das indische Mädchen strich ihm das feuchte Haar aus der Stirn und blickte ihm wild ins Gesicht. Ein Schauer lief ihr durch den Körper, als sie sah, wie sich dort die kalten, grauen Schatten des Todes sammelten; Dann leuchteten ihre schwarzen Augen auf, ihre schöne Lippe verzog sich zu einem Ausdruck , der erhabener als ein Lächeln war, ihre kleine Hand zeigte nach Westen, und die wilde Religion ihrer Rasse strömte aus ihrem Herzen, ein Strom lebendiger Poesie.

„Das Jagdrevier der Indianer liegt da drüben, zwischen den purpurnen Wolken des Abends. Die Sterne sind dort sehr dicht, und das rote Licht türmt sich wie Berge im Herzen eines Waldes. Der Zuckerahorn gibt seinem Wasser alles." Das ganze Jahr über, und der Atem des Hirsches ist süß, denn er ernährt sich vom goldenen Turmstrauch und den reifen Beeren. Dort ist ein See mit klarem Wasser. Das Kanu des Indianers fliegt darüber wie ein Vogel hoch oben am Morgen. Der Westen hat seine Wolken zurückgezogen, und ein großer Häuptling ist hindurchgezogen. Er wird die Wolken zurückhalten, damit sein weißer Sohn zum Angesicht des Großen Geistes aufsteigen kann. Malaeska und ihr Junge werden folgen. Das Blut des roten Mannes ist hoch in ihrem Herzen, und der Weg ist offen. Der See ist tief und der Pfeil scharf; der Tod wird kommen, wenn Malaeska ihn ruft. Liebe wird ihre Stimme süß machen im Land des Großen Geistes; der weiße Mann wird sie hören , und rufe sie wieder an seine Brust!"

Ein schwaches, trauriges Lächeln huschte über das Gesicht der sterbenden Jägerin, und ihre Stimme war erstickt vor Schmerz, der nicht der Tod war. „Mein armes Mädchen", sagte er und zog ihr glühendes Gesicht schwach an seine Lippen, „es gibt kein großes Jagdrevier, wie du es dir träumt. Die Weißen haben einen anderen Glauben, und – O Gott! Ich habe ihr das Vertrauen genommen und habe es getan." niemand, den man zurückgeben kann!"

Das Gesicht der Indianerin senkte sich nach vorn, das Licht ihres wilden, poetischen Glaubens war mit den letzten Worten des Jägers verschwunden, und ein Gefühl kalter Trostlosigkeit breitete sich in ihrem Herzen aus. Er starb an ihrer Brust, und sie wusste nicht, wohin er gehen würde, und auch nicht, dass ihr Abschied nicht ewig dauern würde.

Die Lippen des Sterbenden bewegten sich wie im Gebet. „Vergib mir, o Vater der Barmherzigkeit! Vergib mir, dass ich dieses arme Mädchen in ihrer heidnischen Unwissenheit gelassen habe", murmelte er schwach und seine

Lippen bewegten sich weiter, obwohl kein wahrnehmbares Geräusch zu hören war. Nach einigen Augenblicken der Erschöpfung richtete er seinen Blick mit einem Ausdruck feierlicher und rührender Ernsthaftigkeit auf das Gesicht des indischen Mädchens.

„ Malaeska ", sagte er, „rede nicht davon, dich und den Jungen zu töten. Das wäre eine Sünde, und Gott würde sie bestrafen. Um mich in einer anderen Welt zu treffen, Malaeska, musst du lernen, den Gott des weißen Mannes zu lieben . " und warte geduldig, bis er dich zu mir schickt. Geh nicht zurück zu deinem Stamm, wenn ich tot bin. Unten an der Mündung des großen Flusses sind viele Weiße; unter ihnen sind mein Vater und meine Mutter. Finde deinen Weg zu ihnen, sag es ihnen wie ihr Sohn gestorben ist, und flehe sie an, dich und den Jungen um seinetwillen zu schätzen. Sag ihnen, wie sehr er dich geliebt hat, mein armes Mädchen. Sag ihnen – ich kann nicht mehr reden. In der Siedlung gibt es ein Mädchen, eine Martha Fellows ; geh zu ihr. Sie weiß von dir und hat Papiere – einen Brief an meinen Vater. Ich habe das nicht erwartet, hatte mich aber darauf vorbereitet. Geh zu ihr – du wirst das tun – versprochen, solange ich es verstehen kann."

Malaeska hatte bis jetzt noch nicht geweint, aber ihre Stimme war erstickt, und Tränen fielen wie Regen über das Gesicht des Sterbenden, als sie das Versprechen gab.

Er versuchte, sich bei ihr zu bedanken, aber die Anstrengung erstarb in einem schwachen Lächeln und einer zitternden Bewegung seiner weißen Lippen: „Küss mich, Malaeska ."

Die Bitte war so leise wie ein Hauch Luft, aber Malaeska hörte sie. Sie warf sich mit einem leidenschaftlichen Schmerzausbruch an seine Brust und ihre Lippen klammerten sich an seine, als hätten sie ihn aus dem Grab zurückgeholt. Sie spürte, wie sich die kalten Lippen unter ihrem verzweifelten Druck bewegten, und hob den Kopf.

„Der Junge, Malaeska ; lass mich auf meinen Sohn schauen."

Das Kind hatte sich an die Seite seiner Mutter geschlichen, hockte auf Händen und Knien und starrte mit seinen großen schwarzen Augen, erfüllt von einer seltsamen Ehrfurcht, auf das weiße Gesicht seines Vaters. Malaeska zog ihn näher, und mit instinktiven Gefühlen schlang er seine Arme um den Hals und schmiegte sein Gesicht dicht an die asche Wange des Sterbenden. Es gab eine schwache Bewegung der Hände, als ob der Vater sein Kind umarmen wollte, und dann war alles still. Nach einer Weile spürte das Kind, wie die Wange unter ihm hart und kalt wurde. Er hob den Kopf und blickte mit atemloser Verwunderung über das Gesicht der Leiche seines Vaters. Er sah zu seiner Mutter auf. Auch sie beugte sich aufmerksam über das Gesicht des Toten, und ihre Augen waren von einem wilden, melancholischen Licht erfüllt. Das Kind war verwirrt. Er fuhr mit seiner winzigen Hand noch einmal über das kalte Gesicht, kroch dann davon, vergrub seinen Kopf in den Falten des Kleides seiner Mutter und begann zu weinen.

Der Morgen dämmerte still und still über dem kleinen See, als hätten nur der Tau des Himmels und die Blumen der Erde jemals seine Frische gekostet; Doch alles unter den Bäumen, das zarte Gras und die weißen Blüten wurden zu Boden gedrückt, befleckt und mit Menschenblut zertrampelt. Das köstliche Licht brach wie ein Lächeln vom Himmel über dem stillen Busen des Wassers und flackerte fröhlich durch die taufrischen Zweige der Hemlocktanne, die den niedergestreckten Jäger beschattete. Helle Tautropfen lagen dicht auf seinem Kleid und glänzten wie ein Regen aus Saatperlen in seinem üppigen braunen Haar. Das grüne Moos auf beiden Seiten war mit einem purpurroten Fleck durchtränkt, und der blasse, bleierne Farbton der Auflösung hatte sich auf seine Gesichtszüge gelegt. Er war nicht allein; denn auf derselben moosigen Couch lag der Körper des getöteten Häuptlings; Die Gliedmaßen waren gestreckt wie auf einer Bahre – die Haare waren glattgewischt, und der Halbmond aus gebrochenen und nassen Federn war sorgfältig um seine gebräunten Schläfen angeordnet. Etwas abseits, auf einem Hügel voller purpurner Blumen, lag ein wunderschönes Kind, winkte den vorbeiflatternden Vögeln zu, pflückte die Blumen und stieß einen kleinen Freudenschrei aus, als ob Tod und Kummer nicht überall um ihn herum wären . Dort, an der Seite des toten Jägers, saß Malaeska , die Witwe, die Hände nervös herabhängen lassen, ihr langes Haar über das Moos fegen und ihr Gesicht an ihre Brust gesenkt, betäubt von der überwältigenden Schmerzhaftigkeit ihres Kummers. So blieb sie regungslos und in Trauer versunken, bis der Tag seinen Mittag erreichte. Ihr Kind, hungrig und müde vom Spielen, hatte sich zwischen den Blumen in den Schlaf geweint; aber die Mutter wusste es nicht – ihr Herz und alle ihre Fähigkeiten schienen wie durch ein Tor aus Eis verschlossen.

In dieser Nacht, als der Mond aufging, grub die indische Witwe mit ihren eigenen Händen ein Grab am grünen Rand des Sees. Sie legte ihren Mann und ihren Vater nebeneinander und häufte Grasnarben auf sie. Dann hob sie das elende und hungrige Kind von der Erde und machte sich schweren Herzens auf den Weg zur „ Straka “.

KAPITEL III.

Der Sonnenuntergang fiel auf den tiefen, tiefen Bach,
so rötlich wie Gold nur sein konnte,
während rostbraun und ein purpurroter Schimmer
in jedem Waldbaum schliefen;
Aber das Herz der indischen Frau war traurig,
als sie ihr leichtes Kanu steuerte,
während das junge Lachen ihres Jungen hoch und froh erklang,
als die wilden Vögel über ihnen flogen.

Martha Fellows und ihr Geliebter waren in der Nacht nach der indischen Verlobung allein in der Hütte ihres Vaters. Sie waren beide blasser als sonst und zu besorgt um die Sicherheit ihres kleinen Dorfes, als dass sie sich glücklich oder ruhig unterhalten konnten. Der alte Mann war als Wache am Rande der Lichtung stationiert; Und als die beiden schweigend beieinander saßen, die Hände verschränkt, und einander wehmütig ins Gesicht blickten, schnitt ein Gewehrschuss scharf aus der Position des alten Mannes. Sie sprangen beide auf und Martha klammerte sich schreiend an ihren Geliebten. Jones zwang sie zurück zur Sitzbank, schnappte sich sein Gewehr und sprang zur Tür. Man hörte das Geräusch sich nähernder Schritte, und damit vermischte sich die Stimme alter Burschen und die süßeren und unvollkommeneren Töne einer Frau mit dem schluchzenden Atem eines Kindes. Während Jones dastand und sich über das seltsame Geräusch wunderte, verdunkelte eine bemerkenswerte Gruppe das Licht, das aus der Kabinentür strömte. Es waren Fellows, die ein blasses und verängstigtes indisches Mädchen teils stützten, teils vorwärts zogen. Das Licht glitzerte auf ihrem malerischen Gewand und enthüllte die dunklen, hellen Augen eines Kindes, das an ihrem Rücken befestigt war und sich schweigend vor Schrecken und Erschöpfung an ihren Hals klammerte.

„Komm mit, du junges Stachelschwein! Du schleichende kupferfarbene kleine Squaw, du! Wir werden dich nicht töten, auch nicht den kleinen Pappoose ; also brauchst du nicht so zu zittern. Komm mit! Da sind Martha Fellows, wenn du kannst Finden Sie genug von Ihrem verdammten seltsamen Englisch, um ihr zu sagen, was Sie wollen.

Während er sprach, betrat der raue, aber gutherzige alte Mann die Hütte und schob die elende Malaeska und ihr Kind vor sich her.

„Martha! Warum, im Namen der Natur, was lässt dich so weiß um den Mund sehen? Du brauchst keine Angst vor diesem kleinen Schädling zu haben, nein wie. Sie ist so harmlos wie eine Strumpfbandnatter. Komm und sieh, ob du es herausfinden kannst was sie von dir will. Sie kann so drollig reden, wie du es noch nie gehört hast. Aber ich habe ihre Sinne verscheucht, und sie starrt mich nur an wie ein erlegtes Reh.

Als der Indianer den Namen des erstaunten Mädchens hörte, in dessen Gegenwart sie gezerrt worden war, entzog sie sich dem Griff des alten Mannes und schlich schüchtern auf die Siedlung zu.

„Der Weiße hat der Jungfrau Papiere hinterlassen – Malaeska will nur die Papiere", flehte sie und legte flehend ihre kleinen Handflächen aneinander.

Martha wurde noch blasser und stand auf. „Dann ist es wahr", sagte sie fast wild. „Der arme Danforth ist tot, und diese verlassenen Kreaturen, seine Witwe und sein Kind, sind endlich zu mir gekommen. Oh! Jones, er hat mir das in der Nacht erzählt, in der du so wütend geworden bist. Ich konnte dir nicht sagen, warum wir so viel geredet haben." zusammen; aber ich wusste die ganze Zeit, dass er eine indische Frau hatte – es schien, als hätte er eine Vorwarnung vor seinem Tod und müsste es jemandem erzählen . Als ich ihn das letzte Mal sah, gab er mir einen Brief, mit schwarzem Siegel versiegelt, und befahl mir, seine Frau zu suchen und sie zu überreden, es seinem Vater zu bringen, falls er im Kampf getötet würde. Sie ist hinter diesem Brief her; aber wie soll sie den Weg nach Manhattan finden?"

„ Malaeska weiß, in welche Richtung das Wasser fließt: Sie kann einen Weg den großen Fluss hinunter finden. Gib ihr die Papiere, damit sie gehen kann!" flehte die traurige Stimme des Indianers.

„Sagen Sie uns zuerst", sagte Jones und wandte sich freundlich an sie, „haben die Indianer unsere Nachbarschaft verlassen? Besteht keine Gefahr eines Angriffs?"

„Der weiße Mann braucht sich nicht zu fürchten. Als der große Häuptling starb, erlosch der Rauch seines Wigwams; und sein Volk ist über die Berge hinausgegangen. Malaeska ist allein."

In der Rede des armen Mädchens lag Elend und rührendes Pathos, das die kleine Gruppe sogar zu Tränen rührte.

„ Nein, bist du nicht , mein Gott!" rief Fellows aus und fuhr sich mit der Hand über die Augen. „Du sollst bleiben und bei mir leben und Matt helfen, das sollst du – und das ist das Ende . Ich werde aus dem kleinen Pappoose einen Bauern machen . Ich wette, ein Biberfell, dass er lernen wird , zu fangen. " und hauen Sie die Ochsen und halten Sie den Pflug vor der Hälfte der holländischen Jungen, die hier so dicht wie Kleewipfel auf der Lichtung eines dritten Jahres auftauchen.

Malaeska verstand den Vorschlag des freundlichen Siedlers nicht ganz; Der Ton und die Art waren freundlich, und sie wusste, dass er ihr helfen wollte.

„Als der Vater des Jungen im Sterben lag, sagte er zu Malaeska, sie solle zu seinen Leuten gehen, und sie würden ihr sagen, wie sie den Gott des weißen Mannes finden könne. Geben Sie ihr die Papiere, und sie wird gehen. Ihr Herz wird erfüllt sein, wenn sie daran denkt." freundliche Worte und die sanften Blicke, die ihr der weiße Häuptling und das hellhaarige Mädchen zugeworfen haben.

„Sie geht, um den Toten ein Versprechen zu erfüllen – wir sollten sie nicht daran hindern", sagte Jones.

Malaeska richtete ihre Augen eifrig und dankbar auf ihn, während er sprach, und Martha ging zu ihrem Bett und holte den Brief, der ihr anvertraut worden war , unter dem Kissen hervor. Die Indianerin nahm es zwischen ihre zitternden Hände, drückte es mit einer fast götzendienerischen Geste an ihre Lippen und steckte es in ihre Brust.

„Der weißen Jungfrau geht es gut! Leb wohl!" Während sie sprach, drehte sie sich zur Tür um.

„Bleiben Sie! Es wird viele Tage dauern, bis Sie Manhattan erreichen – nehmen Sie sich etwas zu essen mit, sonst verhungern Sie unterwegs", sagte Martha mitfühlend.

„ Malaeska hat Pfeil und Bogen, und sie kann sie benutzen; aber sie dankt der weißen Jungfrau. Ein Stück Brot für den Jungen – er hat viele Male zu seiner Mutter um Essen geschrien; aber ihre Brust war voller Tränen, und sie hatte nichts, was er ihm geben konnte.

Martha rannte zum Schrank und holte ein großes Stück Brot und eine Tasse Milch hervor. Als das Kind das Essen sah, stieß es ein leises, hungriges Murmeln aus und seine kleinen Finger begannen eifrig am Hals seiner Mutter zu arbeiten. Martha hielt die Tasse an seine Lippen und lächelte durch ihre Tränen, um zu sehen, wie hungrig er schluckte und mit welch zufriedenem und erfreutem Blick seine großen, schwarzen Augen zu ihr blickten, während er trank. Als der Becher zurückgezogen wurde, atmete der Junge tief auf und ließ seinen Kopf schläfrig auf die Schulter seiner Mutter fallen; ihre großen Augen schienen voller Mondlicht, und ein Schimmer der Freude huschte über ihre traurigen Gesichtszüge; Sie band ein Armband aus Wampum von ihrem Arm und legte es Martha in die Hand. Im nächsten Augenblick war sie in der Dunkelheit draußen verloren. Die freundliche Siedlerin stürmte hinaus und rief ihr zu, sie solle zurückkommen. aber ihr Schritt war wie der eines Rehkitzes, und während er erfolglos in der Siedlung umherirrte, erreichte sie den Rand des Baches; Sie machte ein Kanu los, das im Riedgras verborgen lag, setzte sich hinein und schoß um die Landzunge herum bis zum breiten Busen des Hudson.

Nachts und morgens, viele aufeinanderfolgende Tage lang, glitt dieses gebrechliche Kanu die Strömung hinunter, inmitten der wilden und wunderschönen Landschaft der Highlands und entlang der parkähnlichen Schatten eines flacheren Landes. Es lag etwas in der erhabenen und erhabenen Arbeit Gottes, das das traurige Herz des Inders tröstete. Ihre Gedanken kreisten fortwährend um die Worte ihres verstorbenen Mannes und stellten sich stets das Land der Geister vor, in dem er ihr versprochen hatte, sich ihm anzuschließen. Der ständige Wechsel der Landschaft, der Sonnenschein, der mit dem Laub spielte, und die dunklen, schweren Schattenmassen, die von den Wäldern und Felsen auf beiden Seiten geworfen wurden, regten ihre ungezähmte Fantasie immer wieder an, sich mit dem Himmel ihrer wilden Fantasie zu vergleichen . Manchmal schien es, als müsste sie nur die Augen schließen und wieder öffnen, um in der Gegenwart ihres Verlorenen zu sein. Es lag etwas Himmlisches im feierlichen, unaufhörlichen Fließen des Flusses und in der Musik der Blätter, die sich im Wind bewegten, was der armen Witwe zu Herzen ging wie die sanfte Stimme eines Freundes. Nach ein oder zwei Tagen verschwand die Düsterkeit, die auf ihrer jungen Stirn hing, teilweise. Ihre Wange bildete erneut Grübchen beim fröhlichen Lachen ihres Kindes, und wenn es sich zum Schlafen in die Felle am Boden des Kanus schmiegte, schlich sich ihr sanftes, klagendes Schlaflied über das Wasser wie der Gesang eines wilden Vogels, der vergeblich danach sucht sein Kumpel.

Malaeska ging nie an Land, außer um wilde Früchte zu sammeln und gelegentlich einen Vogel zu töten, den ihr wahrer Pfeil selten verfehlte. Sie zündete ein Feuer an und bereitete ihr Wild in einer schattigen Ecke am Flussufer vor, während das Kanu an seinem Liegeplatz schwankte und ihr Kind auf dem frischen Gras spielte, die vorbeiflitzende Wolke sommerlicher Insekten anbrüllte und in sein kleines Kind klatschte Hände auf die Kolibris, die kamen, um Honig aus den Blumen zu pflückten, die ihn umgaben.

Die Reise war für den verwitweten Indianer eine Reise voller seltsamer Freude. Niemals glaubte Christian mit größerem Vertrauen an die Seiten der göttlichen Schrift, als an das sterbende Versprechen ihres Mannes, dass sie ihn in einer anderen Welt wiedersehen würde. Sein Geist schien für immer um sie herum zu sein, und ihrer wilden, freien Fantasie erschien die Passage den herrlichen Bach hinunter wie ein materieller und herrlicher Weg zum Himmel des weißen Mannes. Von seltsamen, süßen Gedanken erfüllt blickte sie auf die Berge, die sich von den Ufern des Flusses erhoben – auf die Waldbäume, die so vielfältig in ihren Farbtönen und so reich gekleidet waren, dass sie fast dazu inspiriert wurde, ihr Kummer zu vergessen. Sie war jung und gesund, und alles an ihr war so lieblich, so großartig und verändernd, dass sich ihr Herz zum Sonnenschein hin ausdehnte wie eine Blume, die niedergebeugt, aber nicht von der Gewalt eines Sturms zerdrückt wurde.

Einen Teil jedes Tages verbrachte sie in einem wilden, verträumten Zustand der Fantasie. Ihr Geist wurde von den sanften Geräuschen, die von morgens bis abends in der Luft schwebten, zu süßen Grübeleien eingelullt; und durch die lange Nacht, in der alles still war, bis auf das tiefe Fließen des Flusses. Vögel kamen im Morgengrauen mit ihren fröhlichen Stimmen heraus, und mittags schwebte sie im kühlen Schatten der Hügel oder schoss in eine Bucht, um ein paar Stunden auszuruhen. Als der Sonnenuntergang seine prächtigen Farben über den Fluss warf – und die Bergwälle auf beiden Seiten purpurrot waren wie die Spuren konkurrierender Armeen –, als der Junge schlief und die stillen Sterne hervorkamen, um ihren nächtlichen Weg zu erhellen Eine klare, kräftige Melodie strömte aus den Lippen der Mutter wie ein Lied aus dem Herzen einer Nachtigall. Ihr Blick leuchtete auf, ihre Wange wurde warm, die Bewegung ihres Paddels begleitete fließend ihre satte, wilde Stimme, während das Kanu auf Wellen hinabtrieb, die über eine Welt aus zerquetschten Blüten zu kräuseln schienen und bei der Annäherung an den Abend neblig waren .

Malaeska war viele Tage draußen gewesen, als die scharfen Giebel und die hohen Schornsteine Manhattans ihren Blick auf sie richteten, umgeben vom Glanz der breiten Bucht und dem Wald, der den unbewohnten Teil der Insel bedeckte. Der arme Indianer blickte darauf mit einer beständigen, aber beunruhigenden Angst. Sie steuerte ihr Kanu in eine kleine Bucht an der Küste von Hoboken, und ihr Herz wurde schwer wie das Grab, als sie darüber nachdachte, wie sie ihrem Auftrag nachkommen könnte. Sie nahm den Brief aus ihrer Brust; Die Tränen traten ihr in die Augen und sie küsste es mit bedauerndem Kummer, als würde eine Freundin für immer aus ihrer Zuneigung gerissen. Sie nahm das Kind in ihr Herz und hielt es dort, bis sein Pochen hörbar wurde und die Stärke ihrer Befürchtungen nicht mehr zurückgehalten werden konnte. Nach einiger Zeit wurde sie ruhiger. Sie hob das Kind von ihrer Brust, wusch seine Hände und sein Gesicht in den Bach und strich mit ihrer Handfläche über sein schwarzes Haar, bis es wie der Hals eines Raben glänzte. Dann umgürtete sie sein kleines purpurrotes Gewand mit einer Schnur aus Wampum, und nachdem sie ihre eigene Kleidung geordnet hatte, schoss sie das Kanu aus der Bucht und trieb es langsam über die Flussmündung. Ihre Augen waren die ganze Zeit voller Tränen, und als das Kind murmelte und sich bemühte, sie mit seinen kindlichen Liebkosungen zu trösten, schluchzte sie laut und ruderte stetig vorwärts.

Es war ein seltsamer Anblick für die phlegmatischen Bewohner Manhattans, als Malaeska in voller Tracht und mit dem stolzen, freien Schritt ihrer Rasse durch ihre Straßen ging. Ihr Haar hing in langen Zöpfen über ihren Rücken, wobei jeder Zopf am Ende mit einem Büschel scharlachroter Federn befestigt war. Eine Krone aus dem gleichen hellen Gefieder umgab ihren kleinen Kopf, und ihr Gewand war wunderschön mit Perlen besetzt und mit

Stacheln von Stachelschweinen gesäumt. Sie hielt einen Bogen von exquisiter Kunstfertigkeit in der Hand, und ein Schal aus scharlachrotem Stoff band den Jungen an ihren Rücken. Nichts könnte auffallender schön sein als das Kind. Sein lebhafter Kopf drehte sich ständig von einem seltsamen Gegenstand zum anderen, und seine leuchtenden, schwarzen Augen waren voller kindlicher Verwunderung. Ein kleiner Arm war um den Hals seiner jungen Mutter geschlungen, und der andere ruhte auf den gefiederten Pfeilschäften, die den Köcher an ihrer linken Schulter zusammenhielten. Der schüchterne, besorgte Blick der Mutter stand in starkem Kontrast zum eifrigen Blick des Jungen. Von ihrem Mann hatte sie viel von der Zartheit und Vornehmheit des zivilisierten Lebens mitbekommen, und ihr Benehmen wurde unter den unhöflichen Blicken der Passanten erschrocken und kitschig. Das bescheidene Blut brannte in ihrer Wange, und das süße, gebrochene Englisch zitterte auf ihren Lippen, als mehrere Personen, denen sie den Brief zeigte, vorbeigingen, ohne ihr zu antworten. Sie wusste nicht, dass sie einer anderen Nation als ihr Mann angehörten und eine andere Sprache sprachen als die, die die Liebe sie gelehrt hatte. Schließlich sprach sie einen alten Mann an, der ihre unvollkommene Sprache verstehen konnte. Er las den Namen auf dem Brief und sah, dass er an seinen Herrn, John Danforth, den reichsten Pelzhändler in Manhattan, gerichtet war. Der alte Diener ging voran zu einem großen, unregelmäßigen Gebäude in der Nähe des heutigen Hanover Square. Malaeska folgte ihm mit leichterem Schritt und einem von seiner Angst befreiten Herzen. Sie hatte das Gefühl, in dem freundlichen alten Mann, der sie zum Haus des Vaters ihres Mannes begleitete, einen Freund gefunden zu haben.

Der Diener betrat diese Wohnung und führte ihn zu einem niedrigen Salon, der mit Eichenholz getäfelt und mit kleinen Scheiben aus dickem, grünlichem Glas beleuchtet war. Der Kamin war von einer Reihe holländischer Kacheln umgeben, von denen einige in Verarbeitung und Design besonders erlesen waren, und ein kunstvoll in Eiche geschnitztes Wappen hob sich deutlich von der Täfelung darüber ab. Ein Teppich, damals ein ungewöhnlicher Luxus, bedeckte einen größeren Teil des Bodens, und die Möbel waren reich an Stoffen und schwerfällig mit schweren Schnitzarbeiten. Ein großer Mann mit eher strengen Gesichtszügen saß in einem Sessel an einem der schmalen Fenster und las eine Akte mit Papieren, die gerade mit dem letzten Handelsschiff aus London angekommen waren. In einiger Entfernung von ihm war eine schmächtige und sehr dünne Dame von etwa fünfzig Jahren mit dem Nähen im Haushalt beschäftigt; Ihr Arbeitskasten stand auf einem kleinen Tisch vor ihr, und daneben lag ein Buch mit gemeinsamen Gebeten. Der Diener hatte vorgehabt, seinen seltsamen Gast anzukündigen, aber aus Angst, ihn aus den Augen zu verlieren, folgte Malaeska seinen Fußstapfen und stand, bevor er es merkte, im Zimmer und hielt ihr Kind an der Hand.

„Eine Frau, Sir – eine Inderin mit einem Brief", sagte der verlegene Diener und bedeutete seinem Schützling, sich zurückzuziehen. Aber Malaeska war dicht an den Kaufmann herangetreten und sah ihm ernst ins Gesicht, als er den Blick von den Papieren hob. Es lag etwas Kaltes in seinem strengen Blick, als er ihn durch seine Brille auf sie richtete. Der Indianer fühlte sich fröstelnd und abgestoßen; Ihr Herz war erfüllt, und sie wandte sich mit einem rührenden Blick der Dame zu. Dieses Gesicht war eines, zu dem sich ein Kind geflüchtet hätte, um Trost zu finden; es war ruhig und voller Freundlichkeit. Malaeskas Gesicht erhellte sich, als sie auf sie zuging und ihr wortlos den Brief in die Hand legte; Aber ihr Herzklopfen war durch ihre schwere Kleidung sichtbar, und ihre Hände zitterten, als sie das kostbare Papier losließ.

„Das Siegel ist schwarz", sagte die Dame und wurde ganz blass, als sie ihrem Mann den Brief gab, „aber es ist *seine* Schrift", fügte sie mit einem gezwungenen Lächeln hinzu. „Er hätte selbst keine Nachricht schicken können, wenn er – krank wäre." Beim letzten Wort zögerte sie, denn wider Willen lagen ihr die Gedanken an den Tod schwer im Herzen.

Der Kaufmann setzte sich auf seinen Stuhl, rückte seine Brille zurecht und öffnete nach einem weiteren strengen Blick auf den Überbringer den Brief. Während er las, hielt seine Frau den Blick ängstlich auf sein Gesicht gerichtet. Sie sah, dass sein Gesicht blasser wurde, dass sich seine hohe, schmale Stirn zusammenzog und dass sein strenger Mund noch steifer wurde. Sie wusste, dass ihrem Sohn – ihrem einzigen Sohn – etwas Böses zugestoßen war, und stützte sich auf einen Stuhl; Ihre Lippen waren blutleer und ihre Augen leuchteten vor quälender Spannung. Als ihr Mann den Brief durchgelesen hatte, trat sie näher an ihn heran, blickte aber beim Sprechen in eine andere Richtung.

„Sag mir! Ist meinem Sohn etwas passiert?" Ihre Stimme war leise und sanft, aber voller heiserer Spannung.

Ihr Mann antwortete nicht, aber seine Hand fiel schwer auf sein Knie, und der Brief rasselte in seinem unsicheren Griff, sein Blick war mit einem Blick auf seine zitternde Frau gerichtet, der ihr das Herz erschauern ließ. Sie versuchte, den Brief aus seiner Hand zu ziehen, aber er drückte ihn nur noch fester.

„Seien wir es mal – er ist tot – von den Wilden ermordet – warum solltest du mehr wissen?"

Die arme Frau taumelte zurück und das Feuer der Angst erlosch aus ihren Augen.

„Kann es etwas Schlimmeres geben als den Tod – den Tod des Erstgeborenen unserer Jugend – ausgerottet in seiner stolzen Männlichkeit?" sie murmelte mit leiser, gebrochener Stimme.

„Ja, Frau!" sagte der Ehemann fast heftig; „Es gibt etwas Schlimmeres als den Tod – Schande!"

„Schande verbunden mit meinem Sohn? Du bist sein Vater, John. Verleumde ihn nicht, jetzt, wo er tot ist – auch vor seiner Mutter." Da war ein schwacher roter Fleck auf dem Gesicht dieser sanften Frau, und ihr Mund verzog sich stolz, während sie sprach. Die ganze Strenge in ihrem Wesen war durch die angedeutete Anklage gegen die Verstorbenen geweckt worden.

„Lies, Frau, lies! Schau dir diese verfluchte Schuft und ihr Kind an! Sie haben ihn in ihre wilden Schlupfwinkel gelockt und ermordet. Jetzt kommen sie, um Schutz und Belohnung für die schlechte Tat zu fordern."

Malaeska zog ihr Kind näher an sich heran, während sie dieser vehementen Sprache lauschte, und zog sich langsam in eine Ecke des Zimmers zurück, wo sie wie ein verängstigter Hase kauerte und wild umherblickte, als suche sie nach einem Mittel, der drohenden Rache zu entgehen ihr zu drohen.

Nach dem ersten Gefühlssturm vergrub der alte Mann sein Gesicht in seinen Händen und blieb regungslos stehen, während das Schluchzen seiner Frau, als sie den Brief ihres Sohnes las, allein die Stille im Raum durchbrach.

Malaeska empfand diese Tränen als Ermutigung, und ihre eigenen tiefen Gefühle lehrten sie, wie sie die eines anderen erreichen konnte. Sie näherte sich schüchtern dem Trauernden und sank ihr zu Füßen.

Malaeska anschauen ?" sagte sie mit einer Stimme voller Demut und rührendem Ernst. „Sie liebte den jungen weißen Häuptling, und als die Schatten auf seine Seele fielen, sagte er, dass das Herz seiner Mutter sanft werden würde für die arme Indianerin, die in seiner Brust geschlafen hatte, als sie noch sehr jung war. Er sagte, dass sich ihre Liebe öffnen würde für seinen Jungen wie eine Blume für den Sonnenschein. Wird die weiße Frau den Jungen ansehen? Er ist wie sein Vater.

„Das ist er, armes Kind, das ist er!" murmelte die trauernde Mutter und sah den Jungen unter Tränen an – „wie er, wie er war, als wir beide jung waren, und er der Segen unseres Herzens. Oh, John, erinnerst du dich an sein Lächeln? – wie sich auf seiner Wange Grübchen bildeten . " als wir es geküsst haben! Schauen Sie sich dieses arme, vaterlose Geschöpf an; sie sind alle wieder da: das sonnige Auge und die breite Stirn. Schauen Sie ihn an, John, um meinetwillen – um unseres toten Sohnes willen, der uns mit seinen Gebeten betete letzten Atemzug, um *seinen* Sohn zu lieben. Schau auf ihn!"

Während sie sprach, führte die freundliche Frau das Kind zu ihrem Mann, legte ihren Arm auf seine Schulter und drückte ihre Lippen auf seine geschwollenen Schläfen. Der Stolz seines Wesens war berührt. Sein Busen hob und senkte sich, und Tränen strömten durch seine steifen Finger. Er spürte, wie sich eine kleine Gestalt seinem Knie näherte und eine winzige, weiche Hand mit schwacher Kraft versuchte, sein Gesicht freizulegen. Die Stimme der Natur war stark in ihm. Er ließ die Hände sinken und blickte mit besorgtem Gesicht über die erhobenen Gesichtszüge des Kindes.

Tränen standen in diesen jungen, strahlenden Augen, als sie den Blick seines Großvaters erwiderten, aber als ein sanfterer Ausdruck in das Gesicht des alten Mannes kam, brach ein Lächeln durch sie hindurch, und der kleine Kerl hob beide Arme und legte sie über seinen gesenkten Hals Großvater. Es gab einen kurzen Kampf, und dann drückte der Kaufmann den Jungen mit einem Ausbruch starker Gefühle an sein Herz, wie seine eiserne Natur sie selten gekannt hatte.

„Er *ist* wie sein Vater. Lass die Frau zu ihrem Stamm zurückkehren; wir werden den Jungen behalten.“

Malaeska sprang vor, faltete die Hände und wandte sich mit einer Miene wilder, herzergreifender Bitte an die Dame.

„Du wirst Malaeska nicht von ihrem Kind wegschicken. Nein – nein, weiße Frau. Dein Junge hat an deinem Herzen geschlafen, und du hast seine Stimme in deinem Ohr gespürt, wie das Lied einer jungen Spottdrossel. Du würdest das nicht wegschicken.“ Die arme Indianerin kehrt ohne ihr Kind in den Wald zurück. Sie ist aus dem Wald zu dir gekommen, damit sie den Weg zum Himmel des weißen Mannes lernt und ihren Mann wiedersieht, und du wirst es ihr nicht zeigen. Gib sie der Indianerin Junge; ihr Herz wird sehr stark; sie wird nicht allein in den Wald zurückkehren!“

Während sie diese Worte sprach, mit einer Miene, die noch energischer war als ihre Worte, riss sie das Kind aus den Armen seines Großvaters und stand da wie eine Löwin, die ihr Junges bewachte, ihre Lippen zuckend und ihre schwarzen Augen blitzten Feuer, denn das wilde Blut entzündete sich darin ihre Adern bei dem Gedanken, von ihrem Sohn getrennt zu werden.

„Sei still, Mädchen, sei still. Wenn du gehst, soll das Kind mit dir gehen“, sagte die sanfte Frau Danforth. „Gib diesem feurigen Geist nicht nach; niemand wird dir Unrecht tun.“

Malaeska legte ihre trotzige Miene auf, legte das Kind demütig zu Füßen seines Großvaters, zog sich zurück und stand mit gesenktem Blick und herablassend verschränkten Händen da, eine flehende Haltung, die in starkem Kontrast zu ihrem wilden Verhalten in der letzten Zeit stand.

„Lass sie bleiben. Trenne Mutter und Kind nicht!" flehte die freundliche Dame, die darauf bedacht war, die Auswirkungen der Gewalt ihres Mannes zu lindern. „Der Gedanke an eine Trennung treibt ihr wildes, armes Ding. *Er* liebte sie – warum sollten wir sie an ihre wilden Orte zurückschicken? Lesen Sie diesen Brief noch einmal, mein Mann. Sie können die sterbende Bitte unseres Erstgeborenen nicht ablehnen ."

Mit sanften und überzeugenden Worten wie diesen setzte sich die freundliche Dame durch. Malaeska durfte im Haus des Vaters ihres Mannes bleiben, allerdings nur als Krankenschwester für ihren eigenen Sohn. Es war ihr nicht gestattet, sich als seine Mutter anzuerkennen; und es wurde verbreitet, dass der junge Danforth in einer der neuen Siedlungen geheiratet hatte – dass das junge Paar den Wilden zum Opfer gefallen war und dass ihr kleiner Sohn von einem Indianermädchen gerettet worden war, das ihn zu seinem Großvater brachte. Die Geschichte erlangte leicht Anerkennung, und es war kein Wunder, dass der alte Pelzhändler bald eine liebevolle Zuneigung zu dem kleinen Waisenkind entwickelte oder dass der Bewahrer seines Enkelkindes in seinem Haushalt zum Gegenstand dankbarer Aufmerksamkeit wurde.

KAPITEL IV.

„Ihr Herz ist im wilden Wald;
ihr Herz ist nicht hier.
Ihr Herz ist im wilden Wald;
es war auf der Hirschjagd.“

Es wäre unnatürlich gewesen, wenn diese malerische junge Mutter den Wald verlassen und sich unter den besten Umständen in einem malerischen alten holländischen Haus eingesperrt hätte. Von dem wilden Vogel, der frei aus seinem Nest durch tausend Wälder geflattert ist, könnte man genauso gut erwarten, dass er seinen Käfig liebt, wie von diesem armen wilden Mädchen ihr neues Zuhause mit seiner trostlosen Stille und seiner bleiernen Regelmäßigkeit. Aber die Liebe war allmächtig in diesem wilden Herzen. Es hatte Malaeska aus ihrer Heimat im Wald geholt, sie in der Stunde der bitteren Niederlage von ihrem Stamm getrennt und sie zu einer verlassenen Wanderin inmitten von Fremden gemacht, die sie fast mit Abscheu betrachteten .

Der ältere Danforth war ein gerechter Mann, aber seine Vorurteile waren hart wie Granit. Ein einziger Sohn war von den Wilden ermordet worden, denen dieses arme junge Geschöpf gehörte. Sein Blut – sein gesamtes Wesen, das an die Nachwelt weitergegeben werden konnte – war mit dem verfluchten Geschlecht vermischt worden, das ihn geopfert hatte. Gerne hätte er die beiden Rassen in der Person seines Enkels getrennt, wenn die reine Hälfte seines Wesens auf diese Weise erhalten geblieben wäre .

Aber er war ein stolzer, kindischer alter Mann, und in den Augen des Jungen, in der mutigen Bewegung seines Kopfes und in seiner zärtlichen Art lag etwas, das die Leere in seinem Herzen halb mit Liebe und halb mit Schmerz füllte. Er konnte die beiden Leidenschaften in seiner eigenen Seele ebenso wenig trennen, wie er das wilde Blut aus den Adern des kleinen Jungen saugen konnte.

Aber die Hausmutter, die sanfte Frau, konnte nichts als das Lächeln ihres Sohnes in diesem jungen Gesicht sehen, nichts als seinen Blick in den großen Augen, die, schwarz gefärbt, noch etwas von dem azurblauen Licht besaßen, das die des Hauses ausgezeichnet hatte Vater.

Der Junge war fröhlicher und vogelähnlicher als seine Mutter, denn ihre ganze Jugend verbrachte sie an den Ufern des Teiches, wo ihr Mann starb. Immer unterwürfig, immer sanftmütig, war sie dennoch eine melancholische Frau. Ein Vogel, der seinen Jungen in fremde Länder gefolgt war und ihn dort eingesperrt hatte, hätte nicht hoffnungsloser um ihn herumschweben können.

Nur der sterbende Wunsch ihres Mannes hätte Malaeska in Manhattan gehalten. Sie dachte ununterbrochen an ihr eigenes Volk – an ihren zerbrochenen, bedrängten Stamm, der durch den Tod ihres Vaters verwüstet war und dessen jungen Häuptling sie entführt und an Fremde übergeben hatte.

Aber Malaeskas Wange färbte sich vor Scham, als sie an diese Dinge dachte. Welches Recht hatte sie, eine Indianerin reinen Blutes, das Enkelkind ihres Vaters unter das Dach seiner Feinde zu bringen? Warum hatte sie das Kind nicht in ihre Arme genommen und sich ihrem Volk angeschlossen, während dieses den Todesgesang für ihren Vater sang, „der", murmelte sie immer wieder vor sich hin, „ein großer Häuptling war", und sich mit ihnen tief in die Tiefe zurückgezogen hatte? die Wildnis, in die sie vertrieben wurden, und gab ihnen in ihrem Sohn einen Häuptling?

Aber nein! Die Leidenschaft war in Malaeskas Herzen zu stark gewesen. Die Frau besiegte den Patrioten; und die Vornehmheit, die ihr die Zuneigung verliehen hatte, versklavte die wilde Natur, ohne für das Opfer eine Liebesentschädigung zu erwidern. Sie sehnte sich nach ihrem Volk – umso mehr, als es sich in Gefahr und Kummer befand. Sie sehnte sich nach dem schattigen Waldweg und der hübschen Hütte mit ihren Fellsofas und dem Boden aus blühendem Rasen. Für sie schienen die Winde zwischen den Häusern der Stadt gefesselt zu sein; und als sie sie durch die Giebel seufzen hörte, schien es ihr, als würden sie nach Freiheit stöhnen, so wie sie in der Einsamkeit ihres einsamen Lebens war.

Sie hatten ihr das Kind weggenommen. Es wurde eine weiße Krankenschwester gefunden, die sich zwischen den jungen Erben und seine Mutter stellte und sie rücksichtslos beiseite stieß. Darin blieb der alte Mann hartnäckig. Das wilde Blut des Jungen muss gelöscht werden; Er durfte nichts von der Rasse wissen, der seine Schande entsprang. Wenn die Inderin unter seinem Dach blieb, dann nur als Dienerin und unter der Bedingung, dass alle natürliche Zuneigung in ihr erstickt war – unausgesprochen, ungeahnt vom Haushalt.

Aber Frau Danforth hatte Mitleid mit der armen Mutter. Sie erinnerte sich an die Zeit, als ihr eigenes Kind alle Pulsadern ihres Wesens vor Liebe erzittern ließ, die nun die Form von tausend zärtlichen Bedauern annahm. Sie konnte nicht zusehen, wie sich die einsame Inderin – eine Mutter, aber kinderlos – in ihr einsames Zimmer unter dem Satteldach schlich, ohne dabei weibliche Trauer zu spüren. Sie war eine viel zu gute Ehefrau, um der Autorität ihres Mannes zu trotzen, aber mit der Feigheit eines gütigen Herzens gelang es ihr oft, sich ihr zu entziehen. Manchmal kroch sie in der Nacht aus ihrem gemütlichen Gemach und stahl den Jungen von der Seite seiner Amme, die sie an ihrem eigenen mütterlichen Busen in das einsame Bett von Malaeska trug .

Als hätte Malaeska die Freundlichkeit geahnt, war sie mit Sicherheit hellwach, dachte an ihr Kind und war bereit, vor lauter Dankbarkeit für die Freude zu murmeln, ihren eigenen Sohn für einen Moment an dieses einsame Herz zu drücken.

Dann schlich sich die Großmutter wieder an die Seite ihres Mannes und forderte sie auf, vor Tagesanbruch aufzuwachen und den Jungen zum Bett des Fremden zurückzutragen, wobei sie ihre sanfte Barmherzigkeit geheim hielt, als wäre es eine Sünde gewesen.

Es war erbärmlich zu sehen, wie Malaeska den ganzen Tag in den Fußstapfen ihres Jungen wandelte. Wenn er in den Garten mitgenommen wurde, schwebte sie sicher um die alten Birnbäume herum, wo sie ihn manchmal ungesehen von seinem Spiel ablocken und ihm üppige Küsse auf den Mund geben konnte, während er rücksichtslos lachte und sich bemühte, sie für einige Zeit im Stich zu lassen leuchtende Blume oder Schmetterling, der seinen Weg kreuzte. Dieser Hauch von Zuneigung, diese heimliche Art, eine hungrige Natur zu besänftigen, reichte aus, um eine gut unterrichtete Frau in den Wahnsinn zu treiben; Was Malaeska betrifft , so war es ein Wunder, dass sie ihre unberechenbare Natur in die erbärmliche Position bringen konnte , die ihr in dieser Familie zugeteilt wurde. Sie hatte weder den Beruf einer Dienerin noch die Interessen einer Gleichgestellten.

Es war ihr verboten, mit den Leuten in der Küche umzugehen, und doch wurde sie nie im offiziellen Salon willkommen geheißen, wenn der Herr zu Hause war. Sie trieb sich durch die Flure und Ecken des Hauses oder versteckte sich in den Giebelgemächern und stickte schöne Kleinigkeiten auf Fetzen Seide und Fragmente von hellem Stoff, mit denen sie versuchte, die Frau, die ihr Kind kontrollierte, durch Nachsicht und Freundlichkeit zu bestechen.

Aber leider, arme Frau! Sich den Wünschen der Toten zu unterwerfen war eine schreckliche Pflicht; ihr armes Herz brach ständig; sie hatte keine Hoffnung, kein Leben; Der bloße Blick ihres Blickes war ein Flehen um Gnade; Ihr Schritt, als er auf den Rasen fiel, war voller Verzweiflung – sie hatte nichts auf Erden, wofür sie leben konnte.

Dieser Zustand entstand, als das Kind ein kleiner Junge war; Doch je älter er wurde, desto bitterer wurde Malaeskas Schicksal. Die Krankenschwester, die sie verdrängt hatte, ging weg; denn er entwickelte sich zu einem guten Jungen und war nicht mehr auf die Fürsorge einer Frau angewiesen. Aber das brachte sie seiner Zuneigung nicht näher. Das indianische Blut war stark in seinen jungen Adern; Er liebte solche Spiele, die Aktivität und Gefahr mit sich brachten, und löste sich von den Zärtlichkeiten der Indianerin mit einer Art Verachtung, und sie wusste, dass das Vorurteil des alten Großvaters in seinem Herzen Wurzeln schlug, und wagte nicht, einen Protest auszusprechen. Es war ihr verboten, ihren Sohn mit Zärtlichkeit zu überschütten oder seine Zärtlichkeit als Gegenleistung zu fordern, damit dies keinen Verdacht auf die Beziehung erwecken könnte.

In seiner frühen Kindheit konnte sie sich nachts in sein Zimmer schleichen und der wilden Zärtlichkeit ihres Wesens freien Lauf lassen; aber nach einer Weile wurde ihr sogar das Privileg verweigert, ihn im Schlaf zu beobachten. Als sie einmal durch ihre Zärtlichkeiten die Ruhe des müden Jungen störte, wurde er gereizt und entzog sich ihr wegen ihrer Aufdringlichkeit. Der Abstoß ging ihr wie Eisen ins Herz. Sie hatte keine Macht zu flehen; Um ihr Leben lang wagte sie es nicht, ihm das Geheimnis dieser schmerzlichen Liebe zu verraten, die ihrer Meinung nach – zu grausam empfunden – seine Kindheit unterdrückte; denn das würde bedeuten, die Schande des Blutes bloßzustellen, die den Stolz des alten Mannes verbitterte.

Sie war seine Mutter; Dennoch galt ihre bloße Existenz in diesem Haus als Vorwurf. Jeder Blick, den sie auf ihr Kind zu werfen wagte, wurde eifersüchtig als Fehler betrachtet. Arme Malaeska ! Sie hatte ein trauriges, trauriges Leben.

Sie hatte jahrelang alles ertragen und geträumt, das arme Ding, dass der ewige Schrei, der aus ihrem Herzen kam, erhört werden würde, wenn der Junge älter würde; Aber als er anfing, stolz vor ihren Liebkosungen zurückzuschrecken und die Liebe in Frage zu stellen, die sie tötete, brach die Verzweiflung, die in ihrem Herzen schwelte, hervor, und das Blut des Waldes sprach mit einer Macht, der nicht einmal eine heilige Erinnerung an die Toten widerstehen konnte . Eine wilde Idee befiel sie. Sie würde nicht länger im Haus des weißen Mannes bleiben wie ein Vogel, der mit seinen Flügeln gegen die Drähte eines Käfigs schlägt. Die Wälder waren weit und grün wie immer. Ihre Leute könnten noch gefunden werden. Sie würde sie in der Wildnis suchen. Der Junge sollte mit ihr gehen und der Häuptling seines Stammes werden, wie es ihr Vater gewesen war. Dieser alte Mann sollte ihr Herz nicht für immer mit Füßen treten. Es gab ein freies Leben, das sie finden oder sterben würde.

Die kindliche Gereiztheit des Jungen hatte diesen wilden Wunsch im Herzen seiner Mutter erweckt. Das geringste Anzeichen von Abscheu versetzte sie in Panik. Sie begann sehnsüchtig nach ihrem alten, freien Dasein im Wald zu dürsten; Ohne das Blut ihres Mannes, das in den Adern des alten Mannes floss, wäre sie dem wilden Hass ihres Volkes gegen den Haushalt, in dem sie so unglücklich gewesen war, nachgegeben worden. So wie es war, sehnte sie sich nur danach, mit ihrem Kind fort zu sein, das sie lieben musste, wenn kein weißer Mann daneben stand, um es zurechtzuweisen. Mit ihrer geweckten Energie kam ihr die angeborene Zurückhaltung ihres Stammes zu Hilfe. Die heimliche Kunst der Kriegsführung gegen einen Feind erwachte. Sie sollten nicht wissen, wie elend sie war. Ihre Pläne müssen sicher gemacht werden. Jeder Schritt in Richtung Freiheit sollte sorgfältig überlegt werden. Diese Gedanken beschäftigten Malaeska tage- und wochenlang. Sie wurde in ihrer kleinen Kammer aktiv. Der Bogen und die Pfeilbündel, die ihr das Aussehen einer jungen Diana verliehen hatten, als sie mit ihrem Kanu nach Manhattan kam, wurden von der Mauer abgenommen, neu gespannt und die steinernen Pfeilspitzen geduldig geschärft. Ihr Kleid mit seiner wunderschönen Stickerei aus Fransen und Wampum wurde sorgfältig untersucht. Sie musste zu ihrem Volk zurückkehren, so wie sie es verlassen hatte. Die Tochter eines Häuptlings – die Mutter eines Häuptlings –, kein Bruchteil der Prämie des weißen Mannes sollte mit ihr in den Wald gehen.

Behutsam und mit etwas einheimischem Handwerk traf Malaeska ihre Vorbereitungen. Unten am Ufer des Hudson lebte ein alter Zimmermann, der seinen Lebensunterhalt mit der Herstellung von Booten verdiente. Malaeska hatte ihn oft bei seiner Arbeit gesehen, und ihre groben Kenntnisse seines Handwerks machten die Neugier, mit der sie ihn betrachtete, besonders interessant. Das indische Mädchen war seit langem Gegenstand seines besonderen Interesses, und der Zimmermann fühlte sich geschmeichelt von ihrer Bewunderung für seine Arbeit.

Eines Tages kam sie mit einem Blick gespannter Wachsamkeit zu ihm nach Hause. Ihr Schritt war hastig, ihr Blick war wild wie der eines Falken, wenn seine Beute in der Nähe ist. Der alte Mann beendete gerade ein fantasievolles kleines Handwerk, auf das er über alles stolz war . Es war so leicht, so stark, so wunderschön verziert mit roten und weißen Streifen am Rand – kein Wunder, dass die Augen der jungen Frau leuchteten, als sie es sah.

„Was würde er für das Boot mitnehmen?“ Das war eine lustige Frage von ihr. Er hatte es gebaut, um seinen eigenen Vorstellungen zu entsprechen. Mit einem Paar Rudern würde es wie ein Vogel über das Wasser gleiten. Er hatte es mit Rücksicht auf den alten Mr. Danforth gebaut, der heruntergekommen war, um seine Boote für seinen dunkeläugigen Enkel zu begutachten, den er zu verehren schien. Keines seiner Boote war fantasievoll oder leicht genug für den Jungen. Also hatte er dies in einem Wagnis gebaut.

Malaeskas Augen leuchteten immer heller. Ja ja; Auch sie dachte an den jungen Herrn; Sie würde ihn mitbringen, um sich das Boot anzusehen. Mrs. Danforth vertraute ihr oft den Jungen an; Wenn er nur den Preis nennen würde, könnten sie vielleicht das Geld mitbringen und das Boot auf dem Hudson testen.

Der alte Mann lachte, warf einen stolzen Blick auf sein Werk und nannte einen Preis. Es war nicht zu viel; Malaeska hatte den doppelten Betrag in dem bestickten Beutel, der in ihrem kleinen Zimmer zu Hause hing – denn der alte Herr war ihr gegenüber in allem außer Freundlichkeit großzügig gewesen. Sie ging begeistert und gespannt nach Hause; alles war bereit. Am nächsten Tag – oh, wie glühte ihr Herz, als sie an den nächsten Tag dachte!

KAPITEL V.

Ihr Boot liegt auf dem Fluss,
mit dem Jungen an ihrer Seite;
Mit ihrem Bogen und ihrem Köcher
steht sie in ihrem Stolz.

Am nächsten Nachmittag war der alte Herr Danforth nicht zu Hause. Es sollte an einer Gemeindeversammlung oder etwas Ähnlichem teilgenommen werden, und er war stets pünktlich bei der Erfüllung öffentlicher Aufgaben. Der guten Hausfrau ging es seit einigen Tagen nicht gut. Malaeska , immer eine sanfte Krankenschwester, kümmerte sich mit ungewöhnlicher Sorgfalt um sie. Offensichtlich war etwas im Herzen der indischen Frau am Werk. Ihre Lippen waren blass, ihre Augen voller erbärmlicher Sorge. Nach einer Weile, als die Müdigkeit die alte Dame schläfrig machte, schlich sich Malaeska ans Bett, kniete nieder und küsste mit seltsamer Demut die verdorrte Hand, die über das Bett fiel. Diese Handlung war so unbedeutend, dass die gute Dame es nicht beachtete, aber danach kam es ihr wie ein Traum vor, und als solcher erinnerte sie sich an den Abschied der armen Mutter.

William – denn der Junge wurde nach seinem Vater benannt – war an diesem Nachmittag in einem deprimierten Zustand. Er hatte keine Spielkameraden, denn das Unwohlsein seiner Großmutter hatte alle Fremden aus dem Haus verbannt, also ging er in den Garten und begann, aus den weißen Kieselsteinen, die den Hauptweg pflasterten, die Umrisse einer groben Festung zu zeichnen. Er wurde bei der Arbeit von einem Paar Pirolen unterbrochen, die in voller Jagd und Verfolgung durch die Blätter eines alten Apfelbaums am anderen Ende des Gartens stürmten und mit ihrer schnellen Bewegung die ganze Luft zum Vibrieren brachten.

Nachdem sie einander im klaren Sonnenschein auf und ab und hin und her gejagt hatten, wurden sie von etwas in der Ferne angezogen und schossen davon wie ein paar goldene Pfeile, wobei sie zu Beginn wilde Schwalle von Musik zurücksendeten .

Der Junge hatte sie mit seinen großen Augen voller neidischer Freude beobachtet. Ihre zügellose Freiheit bezauberte ihn; Selbst in diesem weitläufigen Garten, der voller goldener Früchte und leuchtender Blumen war, fühlte er sich gefesselt und eingesperrt. Das einheimische Feuer entzündete sich in seinem Körper.

„Oh, wenn ich nur ein Vogel wäre, der nach Hause fliegen könnte, wann immer ich wollte, und wieder in den Wald – den hellen, schönen Wald, der über den Fluss sehen kann, aber niemals darin spielen darf. Wie sehr der Vogel es aber lieben muss!" "

Der Junge hörte auf zu sprechen, denn wie jedes andere Kind, das für sich blieb, redete er laut über seine Gedanken. Doch ein Schatten fiel auf die weißen Kieselsteine, auf denen er saß, und das war es, was ihn beunruhigte.

Es war die Inderin Malaeska mit einem gezwungenen Lächeln im Gesicht und einem völlig seltsamen Aussehen. Sie wirkte größer und stattlicher als bei ihrem letzten Anblick. In ihrer Hand hielt sie eine leichte Schleife, die mit gelben und purpurroten Federn besetzt war. Als sie sah, wie seine Augen beim Anblick des Bogens leuchteten, nahm Malaeska einen Pfeil aus dem Bündel, das sie unter ihrem Umhang trug, und befestigte ihn an der Sehne.

„Sehen Sie, das ist es, was wir im Wald lernen.“

Die beiden Vögel kreisten durch den Garten hin und her und hinaus ins Freie; Ihr Gefieder blitzte im Sonnenschein und Schwärme musikalischen Triumphs wehten zurück, als ein Schuss dem anderen vorausschoss. Malaeska hob ihren Bogen mit etwas von ihrer alten Waldanmut – einem schwachen Knallen der Bogensehne – einem scharfen Sausen des Pfeils, und einer der Vögel flatterte mit einem traurigen kleinen Schrei nach unten und fiel zitternd wie ein Zerbrochener zu Boden Pappelblume.

Der Junge fuhr auf – seine Augen leuchteten auf und seine dünnen Nasenlöcher weiteten sich, die wilden Instinkte seiner Natur brachen in allen seinen Gesichtszügen hervor.

„Und das hast du im Wald gelernt, Malaeska ?“ sagte er eifrig.

„Ja, wirst du es auch lernen?“

„Oh ja – halt hier – schnell – schnell!“

„Nicht hier; wir lernen diese Dinge im Wald; komm mit mir, und ich werde dir alles darüber zeigen.“

Malaeska wurde beim Sprechen blass und zitterte in allen Gliedern. Was wäre, wenn der Junge sich weigerte, mit ihr zu gehen?

„Was! über den Fluss zu den Wäldern, die so hell und braun aussehen, wenn die Nüsse fallen? Willst du mich dorthin bringen, Malaeska ?“

„Ja, über dem Fluss, wo es wie Silber glänzt.“

„Das wirst du? Oh mein Gott! – aber wie?“

„Still! Nicht so laut. In einem wunderschönen kleinen Boot.“

„Mit weißen Segeln, Malaeska ?“

„Nein – mit Paddeln.“

„Ah, ich! – aber ich kann sie nicht dazu bringen, ins Wasser zu gehen; einmal ließ mich Großvater es versuchen, aber ich musste es aufgeben."

„Aber ich kann sie zum Laufen bringen."

„Du! Das ist doch nicht die Arbeit einer Frau."

„Nein, aber jeder lernt es im Wald."

"Kann ich?"

"Ja!"

„Dann komm mit, bevor Großvater kommt und sagt, dass wir das nicht tun sollen. Komm mit, sage ich; ich möchte schießen und rennen und im Wald leben – komm mit Malaeska . Schnell, sonst macht jemand das Tor zu."

Malaeska schaute sich vorsichtig um – an den Fenstern des Hauses, durch das Dickicht und entlang der Kieswege. Niemand war in Sicht. Sie und ihr Junge waren ganz allein. Sie atmete schwer und verweilte, während sie an die arme Dame in ihrem Inneren dachte.

"Kommen!" schrie der Junge eifrig; „Ich möchte gehen – mit in den Wald kommen."

„Ja, ja", flüsterte Malaeska , „in den Wald – es ist unser Zuhause. Dort werde ich noch einmal Mutter sein."

Mit den Schritten eines jungen Hirsches, der sich auf den Weg ins Versteck machte, verließ sie den Garten. Der Junge ging tapfer mit ihr weiter und sprang lachend vorwärts, als ihr Schritt zu schnell war, als dass er mithalten konnte. So zogen sie in atemloser Eile durch die Stadt ins offene Land und entlang der rauen Ufer des Flusses.

Eine kleine Bucht, die durch die ständige Wirkung des Wassers ausgewaschen wurde, reichte bis zum Ufer, das jetzt von Kais durchzogen ist und von Masten strotzt. Ein Büschel alter Wald-Hemlocktannen beugte sich über das Wasser und warf kühle, grüne Schatten darauf, bis die Sonne weit im Westen stand.

Malaeska gekauft hatte , und wiegte sich schläfrig auf den Wellen . Im Heck stand ein bemalter Korb mit Brot, wie ihn die friedlichen Indianer manchmal auf den Markt schickten; Auf dem Boden des Bootes lag ein Tigerfell, das nach dem Geschmack der Indianerin mit karmesinrotem Stoff eingefasst war, und auf dem Sitz lagen Kissen aus scharlachrotem Stoff, eingefasst mit Perlenstickereien.

William Danforth brach in einen Schrei aus, als er das Boot und seine Ausstattung sah.

„Sind wir dabei? Darf ich jetzt – jetzt – Rudern lernen?" Mit einem Sprung sprang er in das kleine Boot, ergriff die Ruder und rief ihr zu, sie solle hereinkommen, denn er hatte es eilig, loszulegen.

Malaeska löste das Kabel, sprang, das Ende in der Hand haltend, neben ihr Kind.

„Noch nicht, mein Chef, noch nicht; gib mir die Ruder noch eine Weile; wenn wir die Türme nicht mehr sehen können, sollst du sie ziehen", sagte sie.

Der Junge gab seinen Platz mit einer ungeduldigen Kopfbewegung auf, wodurch ihm die schwarzen Locken über die Schläfen flogen. Aber das Boot schoss mit einer Geschwindigkeit in den Fluss hinaus, die ihm den Atem raubte, und er setzte sich in den Bug und lachte, während die silberne Gischt auf ihn niederprasselte. Mit dem Gesicht nach Norden gerichtet und in ihren Augen blitzend vor Freude über die Flucht, rannte Malaeska den Fluss hinauf; Jeder Ruderschlag war ein Schritt in Richtung Freiheit – jeder Sonnenstrahl erschien ihr wie ein Lächeln des Großen Geistes, zu dem ihr Mann und Vater gegangen war.

Als die Sonne unterging und die Dämmerung hereinbrach, war das kleine Boot weit oben auf dem Fluss. Es war unter den Schatten von Weehawken geglitten und entlang der Westküste in Richtung der Highlands geflogen, die damals von einem ununterbrochenen Wald gekrönt waren und wild in der Erhabenheit wilder Natur waren.

Nun hörte Malaeska auf die Bitten ihres Jungen und gab die Ruder in seine kleinen Hände. Obwohl das Boot unter seinen mutigen, aber unvollkommenen Bemühungen zurückwich; Sobald Malaeska außer Sichtweite der Stadt war, hatte sie weniger Angst und lächelte sicher über die Energie, mit der der kleine Kerl das Wasser schlug. Er war empört, wenn sie versuchte, ihm zu helfen, und im nächsten Moment würde er mit Sicherheit einen Regensturm über sie schicken, in einem noch verzweifelteren Versuch, zu beweisen, wie fähig er war, ihr die Arbeit abzunehmen.

So brach die Nacht an, sanft und ruhig, und hüllte Mutter und Kind in eine Welt aus silbernen Mondstrahlen. Die Schatten, die entlang der Hügel lagen, begrenzten ihren Wasserweg mit Düsternis. Das machte den Jungen traurig und er begann, sich traurig müde zu fühlen; Aber Szenen wie diese waren Malaeska vertraut , und ihre alte Natur erhob sich hoch und frei in dieser Einsamkeit, die alles umfasste, was sie in der lebenden Welt hatte – ihre Freiheit und den Sohn ihres weißen Mannes.

„ Malaeska ", sagte der Junge, kroch an ihre Seite und legte seinen Kopf auf ihren Schoß, „ Malaeska , ich bin müde – ich möchte nach Hause."

„Heim! Aber du hast den Wald nicht gesehen. Mut, mein Chef, und wir werden an Land gehen."

„Aber es ist schwarz – so schwarz, und da weint etwas – etwas, das krank ist oder nach Hause will wie ich."

„Nein, nein, es ist nur ein Whippowil- Gesang in die Nacht."

„Ein Whippet ? Ist das ein kleiner Junge, Malaeska ? Bringen wir ihn ins Boot."

„Nein, mein Kind, es ist nur ein Vogel."

„Armer Vogel!" seufzte der Junge; „wie es nach Hause will."

„Nein, er liebt den Wald. Der Vogel würde sterben, wenn man ihn aus dem Schatten der Bäume nehmen würde", sagte Malaeska und bemühte sich, den Jungen zu beruhigen, der auf ihren Schoß kroch und seine Wange an ihre legte. Sie spürte, dass er zitterte und dass ihm kalte Tränen auf den Wangen liefen. „Tu es nicht, mein William, aber schau nach oben und sieh, wie viele Sterne über uns hängen – der Fluss ist voll davon."

„Oh, aber Großvater wird mich vermissen", flehte der Junge. Malaeska fühlte sich fröstelnd; sie hatte den Jungen mitgenommen, aber nicht seine Erinnerung; das ging auf das opulente Zuhause zurück, das er verlassen hatte. Mit ihr an seiner Seite und dem wunderschönen Universum um sie herum dachte er an den alten Mann, der sie schlimmer gemacht hatte als eine Leibeigene in seinem Haushalt – der ihr die menschliche Seele gestohlen hatte, die Gott ihr anvertraut hatte. Die Inderin wurde zutiefst traurig, als der Junge von seinem Großvater sprach.

„Komm", sagte sie mit traurigem Pathos, „jetzt werden wir einen freien Platz im Wald finden. Du sollst ein Beet haben wie die hübschen Blumen. Ich werde ein Feuer machen, und du wirst sehen, wie es zwischen den Zweigen rot wird."

Der Junge lächelte im Mondlicht.

„Ein Feuer im Freien! Ja, ja, lasst uns in den Wald gehen. Werden die Vögel dort mit uns sprechen?"

„Die Vögel reden immer mit uns, wenn wir tief in den Wald vordringen."

Malaeska trieb ihr Boot in eine kleine Bucht, die zwischen zwei großen Felsen am Ufer verlief, wo es geschützt und sicher war; Dann nahm sie das Tigerfell und die Kissen in ihre Arme, ermahnte den Jungen, sich an ihrem Kleid festzuhalten, und begann eine kleine Anhöhe zu erklimmen, wo die Bäume dünn und das Gras üppig waren, wie sie am Geruch erkennen konnte Wildblumen, die mit dem Wind kamen. Ein Felsen lag eingebettet in diesem üppigen Waldgras, und darüber breitete eine riesige Silberpappel ihre Zweige wie ein Zelt aus.

Auf diesem Felsen thronte Malaeska den Jungen und redete die ganze Zeit mit ihm, während sie Funken aus einem Feuerstein schlug, den sie aus ihrem Korb nahm, und begann, aus den trockenen Stöcken, die reichlich herumlagen, ein Feuer zu entfachen. Als William sah, wie die Flammen hoch und klar aufstiegen, den wunderschönen Raum ringsum erleuchteten und goldene Schimmer durch die Zweige der Pappeln schoss, wurde er wieder mutig und begann, als er von seiner Anhöhe herabstieg, Reisig zu sammeln, damit das Feuer hell bliebe. Dann holte Malaeska eine Flasche Wasser und etwas Brot mit getrockneten Rindfleischstücken aus ihrem Korb, und der Junge kam lächelnd von seiner Arbeit. Die Dunkelheit deprimierte ihn nicht mehr, und der Anblick von Essen machte ihn hungrig.

Wie stolz brach die indische Mutter das Essen und überließ es seinem eifrigen Appetit. Die strahlende Schönheit ihres Gesichts war etwas Wundervolles, als sie ihn im Feuerschein beobachtete. Zum ersten Mal, seit er ein kleiner Säugling war, schien er wirklich zu ihr zu gehören.

Als er mit dem Essen zufrieden war und sie sah, dass seine Augenlider zu hängen begannen, ging Malaeska zu einigen Felsen in einiger Entfernung, riss das Moos in großen grünen Vliesen auf und brachte es an den Ort, den sie sich unter der Pappel ausgesucht hatte. und richtete ein weiches Lager für das Kind auf. Darüber breitete sie das Tigerfell mit seinem roten Rand aus und legte die purpurroten Kissen, deren Fransen im Feuerschein wie Edelsteine glitzerten, um das Sofa eines Prinzen.

Malaeska brachte den Jungen zu diesem malerischen Bett , setzte sich neben ihn und begann zu singen, wie sie es vor Jahren unter dem Dach ihres Wigwams getan hatte. Der Junge war sehr müde und schlief ein, während ihre klagende Stimme die Luft erfüllte und von einem Nachtvogel tief in der Dunkelheit des Waldes traurig erwidert wurde.

Als sie sicher war, dass der Junge schlief, legte sich Malaeska auf den harten Stein neben ihm, legte sanft einen Arm über ihn und seufzte ihre unruhige Freude aus, während sie seine Lippen mit ihren schüchternen Küssen drückte.

So versank die arme Indianerin in einer gebrochenen Ruhe, wie sie es ihr ganzes Leben lang getan hatte, indem sie weiche Liegen für diejenigen, die sie liebte, auftürmte und den kalten Stein für sich selbst nahm. Es war das Schicksal ihrer Frau, das aufgrund ihrer wilden Herkunft nicht sicherer war.

Die Zivilisation kehrt dieses traurige Bild weiblicher Selbstverleugnung nicht immer um.

Als der Morgen kam, wurde der Junge von einem vollen Chor singender Vögel geweckt, deren Melodie die Luft förmlich zum Beben brachte. Durch die Zweige liefen ihre wilden Minnesänger, bis der Sonnenschein durch das Grün lachte und der Musik Wärme und angenehmes Licht verlieh. William setzte sich auf, rieb sich die Augen und wunderte sich über die seltsamen Geräusche. Dann erinnerte er sich, wo er war, und rief laut nach Malaeska . Sie kam hinter einer Baumgruppe hervor und hielt ein Rebhuhn in der Hand, dem ihr Pfeil das Herz durchbohrte. Sie warf den Vogel auf den Felsen zu Williams Füßen, kniete vor ihm nieder, küsste seine Füße, seine Hände und die Falten seiner Tunika und strich mit rührender Zärtlichkeit sein Haar und seine Kleidung glatt.

„Wann sollen wir nach Hause gehen, Malaeska ?" rief der Junge ein wenig ängstlich. „Großvater wird uns wollen."

„Dies ist das Zuhause eines jungen Häuptlings", antwortete die Mutter und blickte sich in den angenehmen Himmel und den mit Wildblumen übersäten Waldrasen um. „Welcher Weißer hat so ein Zelt?"

Der Junge blickte auf und sah eine Welt aus goldenen Tulpenblüten, die die Zweige über ihm erhellten.

„Es lässt die Kälte und den Regen herein", sagte er und schüttelte den Tau aus seinem glänzenden Haar. „Ich mag den Wald nicht, Malaeska ."

„Aber das wirst du – oh ja, das wirst du", antwortete die Mutter mit besorgter Fröhlichkeit; „Sehen Sie, ich habe einen Vogel für Ihr Frühstück geschossen."

„Ein Vogel; und ich bin so hungrig."

„Und seht hier, was ich vom Ufer mitgebracht habe."

Sie holte einen kleinen Laubkorb aus einer Vertiefung in den Felsen und hielt ihn voller schwarzer Himbeeren hoch, auf denen der Tau glitzerte.

Der Junge klatschte in die Hände und lachte fröhlich.

„Gib mir die Himbeeren – ich werde sie alle essen. Großvater ist nicht hier, um mich aufzuhalten, also werde ich essen und essen, bis der Korb leer ist. Schließlich ist es schön, im Wald zu sein, Malaeska – komm, gieße die ein . " Beeren auf dem Moos, einfach hier, und hol dir noch einen Korb voll, während ich diese esse; aber geh nicht weit – ich habe Angst, wenn du außer Sichtweite bist. Nein, nein, lass mich das Feuer machen – schau, wie ich das machen kann Funken fliegen."

Er stieg vom Felsen herunter, vergaß seine Beeren und wollte sich unbedingt im Unterholz hervorheben, während Malaeska sich ein wenig zurückzog und ihr Wild zum Braten vorbereitete.

Der Junge war schnell und voller Intelligenz; Er ließ sofort ein Feuer lodern und rief den Vögeln eine Herausforderung zu, während ihre Flammen in die Luft stiegen, Kränze aus zartem blauem Rauch in die Pappelzweige emporschossen und die Felsen mit Nebel bedeckten.

Sofort trat die Indianerin mit ihrem Wild hervor, hübsch gekleidet und mit einem Holzspieß durchbohrt; Daran befestigte sie ein Stück Schnur, das an einem Ast über ihnen befestigt war und seine Last vor dem Feuer hin und her schwang.

Während dieses rustikale Frühstück vorbereitet wurde, machte sich der Junge auf die Suche nach Blumen oder Beeren – alles , was er finden konnte. Er kam mit einer Menge grüner Wildkirschen in seiner Tunika und einem Vogelnest mit drei gesprenkelten Eiern zurück, das er unter einem Büschel Farnblätter gefunden hatte. Ein gestreiftes Eichhörnchen, das an einem kastanienbraunen Ast entlang lief, blickte ihn mit so seltsamer Ernsthaftigkeit an, dass er Malaeska fröhlich zurief, dass er die schönen Wälder und all die hübschen Dinge darin liebe.

Als er zurückkam, hatte Malaeska ihren Umhang abgeworfen und sich mit einer Krone aus scharlachroten und grünen Federn gekrönt, die ihr wildes Kleid vervollständigte und sie für den Jungen zu einem Gegenstand staunender Bewunderung machte, während sie ein- und ausging die Bäume, und ihr Gesicht strahlte vor stolzer Liebe.

Während das Rebhuhn vor dem Feuer hin und her schwankte , sammelte Malaeska eine Handvoll Kastanienblätter und webte sie zu einer Art Matte zusammen; Auf dieses kühle Nest legte sie den Vogel und schnitzte ihn mit einem hübschen Dolch, den Williams Vater ihr bei seiner ersten Werbung geschenkt hatte; Dann machte sie einen Blattbecher, ging zu einer kleinen Quelle, die sie entdeckt hatte, und füllte sie mit kristallklarem Wasser. Auf dem blühenden Rasen, während wilde Vögel ihnen ein Ständchen sangen und der Wind sanft vorbeizog, nahmen Mutter und Junge ihre erste regelmäßige Mahlzeit im Wald ein. William war begeistert; Für ihn war alles frisch und schön. Er konnte seinen Eifer, in Aktion zu sein, kaum lange genug zurückhalten, um die köstliche Mahlzeit zu sich zu nehmen, die Malaeska mit Lächeln und Zärtlichkeiten abwechselte. Er wollte die Vögel erschießen, die so süß in den Zweigen sangen, ohne zu ahnen, dass die Tat den armen kleinen Sängern Schmerzen zufügen würde, er konnte sich nicht damit zufrieden geben, das prächtige Gewand seiner Mutter zu betrachten — es war etwas Wunderbares in seinen Augen .

Endlich war die rustikale Mahlzeit zu Ende, und mit von der saftigen Frucht geröteten Lippen machte er sich auf den Weg und flehte um Pfeil und Bogen.

Stolz wie eine Königin und liebevoll wie eine Frau brachte Malaeska ihm bei, wie man den Pfeil auf die Sehne legt und ihn langsam in Richtung seines Gesichts hebt. Er fand es ganz natürlich, der junge Schurke, und tanzte vor Freude, als sein erster Pfeil aus seinem Bogen sprang und durch die Pappelblätter schoss. Wie Malaeska diese Praxis liebte! wie sie mit jedem anmutigen Heben seines Armes triumphierte! Wie hüpfte ihr Herz bei dem gewaltigen Tumult seiner Rufe! Er wollte alleine losziehen und sein Können unter den Eichhörnchen testen, aber Malaeska hatte Angst und folgte ihm Schritt für Schritt, glücklich und wachsam. Jeder Augenblick steigerte sein Können; er hätte das Bündel Pfeile erschöpft, wenn Malaeska nicht geduldig nach jedem Schuss danach gesucht hätte und so für ständige Unterhaltung gesorgt hätte, bis er selbst dieser seltenen Sportart müde geworden wäre.

Gegen Mittag ließ Malaeska ihn auf dem Tigerfell ruhen und machte sich selbst auf die Suche nach Wild für die Mittagsmahlzeit; noch nie hatte sie so frei geatmet; Noch nie war der Wald ihr so sehr wie ihr Zuhause vorgekommen. Ein Gefühl tiefen Friedens überkam sie. Diese Haine waren ihre Welt, und auf dem Felsen daneben lag ihr anderes Leben — alles, was sie auf Erden zu lieben hatte. Sie hatte es nicht eilig, ihren Stamm zu finden. Was kümmerte sie sich um irgendetwas, während der Junge bei ihr war und der Wald so angenehm! Was interessierte sie außer seinem Glück?

Es bedurfte nur einiger Anstrengungen ihres Holzhandwerks, um genug Wild für eine weitere angenehme Mahlzeit zu beschaffen; so kehrte sie mit leichten Schritten zu ihrem märchenhaften Lager zurück. Der Junge war vom Spielen müde und auf dem Felsen eingeschlafen. Sie sah die anmutige Ruhe seiner Glieder und den sanft schimmernden Sonnenschein durch sein schwarzes Haar. Ihr Schritt wurde leichter; Sie fürchtete sich vor dem Rascheln eines Blattes, weil der Lärm ihn nicht stören könnte. So näherte sie sich sanft und fast mit angehaltenem Atem dem Felsen. Plötzlich verriet ein schwaches, keuchendes Atmen ein schreckliches Gefühl — sie stand regungslos da, wie angewurzelt auf der Erde. Zuerst hörte sie ein leises Rasseln, und dann sah sie das Schimmern einer Schlange, die sich auf dem Felsen zusammengerollt hatte, auf dem ihr Junge lag. Ihre Annäherung hatte das Reptil aufgeweckt, und sie konnte sehen, wie er sich darauf vorbereitete, loszustechen. Seine erste Affäre würde dem schlafenden Jungen gelten. Die Mutter war zu Marmor erstarrt; Sie wagte es nicht, sich zu bewegen — sie konnte die Schlange nur mit wildem Glitzern in den Augen anstarren.

Die Stille schien die Kreatur zu beruhigen. Das Geräusch seiner Rassel wurde schwächer, und seine Augen sanken wie schwindende Feuerfunken in die sich windenden Falten, die sich auf dem Moos niederließen. Aber das Kind wurde durch einen Sonnenstrahl gestört, der schräg durch die Blätter über ihm fiel und sich auf das Tigerfell richtete. Sofort ertönte das Rasseln scharf und klar, und aus den sich windenden Falten schoss der giftige Kopf hervor, dessen bösartige Augen auf den Jungen gerichtet waren. Malaeska hatte, selbst in ihrem erstarrten Zustand, den Gedanken, ihren Jungen zu retten. Mit ihren kalten Händen hatte sie den Pfeil angebracht und den Bogen gehoben, aber als die Schlange untätig wurde, ließ sie die Waffe wieder fallen; denn er lag auf der anderen Seite des Kindes, und um ihn zu töten, musste sie über die schlafende Gestalt hinweg schießen. Doch das Reptil erhob sich erneut, und nun spannte es mit einem Schauder entsetzlichen Grauens im Herzen, aber mit angespannten Nerven wie Stahl, die Sehne des Bogens, zielte auf den Kopf, der direkt hinter ihrem Kind wie ein Juwel glänzte, und ließ den Pfeil abfeuern Fliege. Sie erblindete augenblicklich – die Dunkelheit des Todes breitete sich über ihr Gehirn aus; die Kälte des Todes lag auf ihrem Herzen; Sie lauschte auf einen Schrei – nichts als ein scharfes Rascheln der Blätter, und dann erfüllte tiefe Stille ihre angespannten Sinne.

Die Zeit, in der Malaeska von der Dunkelheit heimgesucht wurde, kam ihr wie eine Ewigkeit vor, aber sie dauerte tatsächlich nur einen Augenblick; Dann weiteten sich ihre Augen bei der qualvollen Suche, und schreckliche Schauer durchfuhren ihren Körper. Ein Lachen hallte durch die Bäume, und dann sah sie ihren Jungen auf dem Tigerfell sitzen, seine Wangen ganz rosig vom Schlaf und mit Grübchen vor Überraschung, und er blickte auf die kopflose Klapperschlange herab, die sich in ihren Todeskrämpfen krampfhaft entrollt hatte, und lag zitternd auf seinen Füßen.

„Ha! ha!" Er schrie und klatschte in die Hände: „Das ist ein berühmter Kerl – hübscher als die Vögel, hübscher als die Eichhörnchen. Malaeska ! Malaeska ! Sehen Sie, was das für ein kariertes Ding ohne Kopf und mit Ringen am Schwanz ist."

Malaeska war so schwach, dass sie kaum stehen konnte, aber mit zitternden Gliedern stolperte sie auf den Felsen zu, packte die immer noch zitternde Schlange und schleuderte sie mit einem zitternden Schrei ins Unterholz.

Dann fiel sie auf die Knie und drückte den Jungen fest an ihre Brust, bis er sich wehrte und schrie, dass sie ihm wehtat. Aber sie konnte ihn nicht gehen lassen; es schien, als würde sich die Schlange um ihn winden, sobald ihre Arme losgelassen würden; Sie klammerte sich an seine Kleidung – sie küsste seine Hände, sein Haar und seine gerötete Stirn mit leidenschaftlicher Energie.

Er konnte das alles nicht verstehen. Warum atmete Malaeska so schwer und zitterte so sehr? Er wünschte, sie hätte das hübsche Geschöpf, das im Schlaf zu seinem Bett gekrochen war und so schön aussah, nicht weggeworfen. Doch als sie ihm erzählte, wie gefährlich das Reptil sei, bekam er Angst und befragte sie mit unbestimmter Angst darüber, wie sie ihn getötet hatte.

Einige Meter vom Felsen entfernt fand Malaeska ihren Pfeil, auf dem der Kopf der Schlange aufgespießt war, und sie trug ihn mit zitterndem Jubel zu dem Jungen, der vor neugeborener Angst zurückschreckte und zu verstehen begann, was Angst ist.

KAPITEL VI.

„Mitten in Wäldern und Wiesenlanden, auch wenn wir umherstreifen mögen, und
sei es noch so bescheiden, es gibt keinen Ort wie ein Zuhause;
Zuhause, Zuhause, süßes, süßes Zuhause,
es gibt keinen Ort wie ein Zuhause;
es gibt keinen Ort wie ein Zuhause.“

Dieses Ereignis beunruhigte Malaeska , und sie sammelte ihr kleines Eigentum ein, machte das Boot los und machte sich auf den Weg flussaufwärts. Das Kind freute sich über die Veränderung und verlor bald alle unangenehmen Erinnerungen an die Klapperschlange. Aber Malaeska war bei der Auswahl ihres Lagers an diesem Nachmittag sehr vorsichtig und entzündete ein helles Feuer, bevor sie das Tigerfell für Williams Bett ausbreitete, von dem sie vertraute, dass es alle giftigen Dinge fernhalten würde. Sie aßen ihr Abendessen unter einer riesigen weißen Kiefer, deren düstere Zweige den Feuerschein absorbierten und alles um sie herum düster erscheinen ließen. Als sich die Dunkelheit über sie senkte, verstummte William, und an der Schwere seiner Gesichtszüge erkannte Malaeska , dass ihn der Gedanke an die Heimat bedrückte. Sie hatte beschlossen, ihm nichts von der Verwandtschaft zu erzählen, an die sie ständig dachte, bis sie an den Ratsfeuern des Stammes standen, wenn die Indianer ihn als ihren Häuptling kennen würden und er in der armen Malaeska eine Mutter erkennen würde .

Beunruhigt über seinen traurigen Blick suchte die Inderin in ihren Geschäften nach etwas, das ihn aufheitern sollte. Sie fand einige goldene und süße Samenkuchen, die dem Kind nur Tränen in die Augen trieben, denn sie erinnerten es an sein Zuhause und all seine Annehmlichkeiten.

„ Malaeska “, sagte er, „wann sollen wir zu Großvater und Großmutter zurückkehren? Ich weiß, dass sie uns sehen wollen.“

„Nein, nein, darüber dürfen wir nicht nachdenken“, sagte Malaeska besorgt.

„Aber ich kann nicht anders – wie kann ich?“ beharrte der Junge traurig.

„Sag nicht – sag nicht, dass du sie – ich meine deinen Großvater – mehr liebst als Malaeska . Sie würde für dich sterben.“

„Ja; aber ich möchte nicht, dass du stirbst, sondern nur, dass du nach Hause gehst“, flehte er.

„Wir gehen nach Hause – zu unserem schönen Haus im Wald, von dem ich dir erzählt habe.

„Meine Güte, ich habe den Wald satt.“

„Müde vom Wald?“

„Ja, ich *bin* müde. Es ist schön, darin zu spielen, aber es ist auf keinen Fall mein Zuhause. Wie weit ist es bis zum Wohnort des Großvaters , Malaeska ?“

„Ich weiß es nicht – ich will es nicht wissen. Wir werden nie wieder dorthin gehen“, sagte der Inder leidenschaftlich. „Du gehörst mir, ganz mir.“

Der Junge kämpfte unruhig in ihrer Umarmung.

„Aber ich werde nicht im Wald bleiben. Ich möchte in einem richtigen Haus sein und in einem weichen Bett schlafen, und – und – da wird es jetzt regnen; ich höre es donnern. Oh, wie ich Willst du nach Hause gehen!"

In Wirklichkeit braute sich über ihnen ein Sturm zusammen; Der Wind erhob sich und stöhnte heiser durch die Kiefern. Malaeska war sehr verzweifelt und nahm den müden Jungen liebevoll an ihre Brust, um Schutz zu finden.

„Habe Geduld, William; nichts wird dir schaden. Morgen werden wir den ganzen Tag das Boot rudern. Du sollst die Ruder selbst ziehen.“

„Soll ich das?“ sagte der Junge und seine Miene wurde ein wenig heller; „Aber wird es auf dem Heimweg sein?“

„Wir werden über die Berge gehen, wo die Indianer leben. Die tapferen Krieger, die William zu ihrem König machen werden.“

„Aber ich will kein König sein, Malaeska !“

„Ein Häuptling – ein großer Häuptling – der den Kriegspfad beschreiten und Schlachten schlagen wird.“

„Ah, das würde mir gefallen, mit deinem hübschen Pfeil und Bogen, Malaeska ; würde ich nicht die bösen Rothäute erschießen?“

„Ah, mein Junge, sag das nicht.“

„Oh“, sagte das Kind zitternd, „der Wind ist kalt, wie er in den Tannenzweigen schluchzt. Wünschst du dir nicht, wir wären jetzt zu Hause?“

„Haben Sie keine Angst vor der Kälte“, sagte Malaeska mit besorgter Stimme; „Sehen Sie, ich werde diesen Umhang um Sie wickeln, und kein Regen kann durch die Pelzdecke dringen. Wir sind mutig, Sie und ich – was kümmert uns ein bisschen Donner und Regen – das macht mich mutig.“

„Aber dir ist das Zuhause egal; du liebst den Wald und den Regen. Der Donner und der Blitz lassen deine Augen leuchten, aber ich mag es nicht;

also bring mich bitte nach Hause, und dann kannst du in den Wald gehen."
; Ich werde es nicht verraten.

„Oh, nicht – nicht. Es bricht mir das Herz", rief die arme Mutter. „Hör zu, William; die Indianer – mein Volk – die tapferen Indianer wollen dich als Häuptling. In ein paar Jahren wirst du sie in den Krieg führen."

„Aber ich hasse die Indianer."

„Nein, nein."

„Sie sind wild und grausam."

„Nicht für dich – nicht für dich!"

„Ich werde nicht bei den Indianern leben!"

„Sie sind ein tapferes Volk – du sollst ihr Anführer sein."

„Sie haben meinen Vater getötet."

„Aber ich gehöre zu diesen Leuten. Ich habe dich gerettet und dich zu den Weißen gebracht."

„Ja, ich weiß; Großmutter hat mir das erzählt."

„Und ich gehörte zum Wald."

„Unter den Indianern?"

„Ja. Dein Vater liebte diese Indianer, William."

„Hat er – aber sie haben ihn getötet."

„Aber es war im Kampf."

„Im fairen Kampf; hast du das gesagt?"

„Ja, Kind. Dein Vater war mit ihnen befreundet, aber sie dachten, er sei zum Feind geworden. Ein großer Häuptling traf ihn mitten im Kampf, und sie töteten sich gegenseitig. Sie fielen und starben zusammen."

„Kannten Sie diesen großartigen Häuptling, Malaeska ?"

„Er war mein Vater", antwortete die Inderin heiser; „mein eigener Vater."

„Dein Vater und meiner; wie seltsam, dass sie einander hassen", sagte der Junge nachdenklich.

„Nicht immer", antwortete Malaeska und kämpfte gegen die Tränen, die ihre Worte erstickten; „Einst liebten sie sich."

„Wir haben uns geliebt! Hat mein Vater dich geliebt, Malaeska ?"

Weiß wie der Tod wurde die arme Frau; eine Hand war unter ihrem Hirschfellgewand geballt und drückte fest gegen ihr Herz; Aber sie hatte versprochen, nichts preiszugeben, und hielt tapfer ihr Wort.

Der Junge vergaß seine leichtsinnige Frage sofort, als sie gestellt wurde, und achtete nicht auf ihr blasses Schweigen, denn der Sturm zog düster über ihnen zusammen. Malaeska hüllte ihn in ihren Umhang und beschützte ihn mit ihrer Person. Der Regen begann heftig über uns zu prasseln; aber die Kiefer war dicht belaubt, und noch konnten keine Tropfen bis zur Erde dringen.

„Sehen Sie, mein Junge, wir sind vor dem Regen sicher; hier kann uns nichts erreichen“, sagte sie und bejubelte seine Niedergeschlagenheit. „Ich werde Stapel trockenes Holz auf das Feuer häufen und dich die ganze Nacht über beschützen.“

Sie hielt einen Moment inne, während blaue Blitze heftig durch das dichte Laub über ihnen zu spielen begannen und Tiefen der Dunkelheit enthüllten, die ausreichten, um einen tapferen Mann in Angst und Schrecken zu versetzen. Kein Wunder, dass der Junge zusammenschrumpfte und zitterte, als es über ihm aufblitzte und zitterte.

Malaeska sah, wie verängstigt er war, und stapelte rücksichtslos trockenes Holz auf das Feuer, in der Hoffnung, dass das stetige Leuchten ihn beruhigen würde.

Sie lagerten auf einem Ausläufer der Highlands, der sich in einem Abgrund über den Bach erstreckte, und das Licht von Malaeskas Feuer schimmerte weit und breit und warf eine goldene Spur weit den Hudson hinunter.

Vier Männer, die tapfer ein Boot gegen den Sturm trieben, sahen das Licht und riefen einander eifrig zu.

„Hier ist sie; nur ein Indianer würde so ein Feuer aufrechterhalten. Ziehen Sie ruhig, und wir haben sie.“

Sie zogen stetig, und trotz des Sturms legte das Boot unter der Klippe an, wo Malaeskas Feuer noch immer brannte. Vier Männer stahlen sich vom Boot und krochen heimlich den Hügel hinauf, geleitet von den Blitzen und dem strahlenden Feuer über ihnen. Der Regen, der zwischen den Zweigen prasselte, übertönte ihre Schritte; und sie sprachen nur im Flüstern, das im Wind verloren ging.

Malaeska offenbarte , die ihn mit trauriger Zuneigung betrachtete. Der kalte Wind ließ sie durch und durch frösteln, aber sie spürte es nicht. Solange der Junge bequem schlief , hatte sie keinen Bedarf.

Ich habe gesagt, dass der Sturm alle anderen Geräusche dämpfte; und die vier Männer, die ihr Boot am Fuße der Klippe gelassen hatten, standen dicht bei Malaeska , bevor sie auch nur die geringste Ahnung von ihrer Annäherung hatte. Dann verdunkelte ein schwärzerer Schatten, als er von der Kiefer fiel, den Raum um sie herum, und als sie plötzlich nach oben schaute, sah sie das strenge Gesicht des alten Mr. Danforth zwischen sich und dem Feuerschein.

Malaeska sprach nicht und weinte nicht laut, sondern drückte den schlafenden Jungen dicht an ihr Herz und hob ihr blasses Gesicht zu seinem, halb trotzig, halb verängstigt.

„Nimm meinen Enkel von der Frau und bring ihn zum Boot", sagte der alte Mann und wandte sich an diejenigen, die mit ihm kamen.

„Nein, nein, er gehört mir!" rief Malaeska heftig. „Nichts als der Große Geist wird ihn mir wieder nehmen!"

Der scharfe Schmerz in ihrer Stimme weckte den Jungen. Er kämpfte in ihren Armen, und als er sich umsah, sah er den alten Mann.

„Großvater, oh! Großvater, bring mich nach Hause. Ich will wirklich nach Hause", rief er und streckte seine Arme aus.

"Oh!" Mir fehlen die Worte, um den bitteren Kummer dieses einzigen Ausrufs auszudrücken, als er über die blassen Lippen der Mutter kam. Es war der Schrei eines Herzens, das ab und zu seine stärkste Faser brach. Der Junge wollte sie verlassen. Danach hatte sie keine Kraft mehr, ließ aber zu, dass sie ihn kampflos aus ihren Armen zwangen. Die Klapperschlange hatte sie nicht so vollständig gelähmt.

So nahmen sie den Jungen rücksichtslos aus ihrer Umarmung und trugen ihn fort. Sie folgte ihr ohne ein Wort des Protests und sah, wie sie ihn ins Boot hoben, abstießen und sie der erbarmungslosen Nacht überließen. Es war eine grausame Sache – bitter grausam –, aber die arme Frau war von dem Schlag betäubt und beobachtete das Boot mit schweren Augen. Plötzlich hörte sie, wie der Junge ihr nachrief:

„ Malaeska , komm auch. Malaeska – Malaeska !"

Sie hörte den Schrei und ihr eiskaltes Herz schwoll leidenschaftlich an. Mit dem Sprung eines Panthers sprang sie zu ihrem eigenen Boot und rannte hinter ihren Peinigern her, wobei sie wild durch den Sturm zog. Aber trotz all ihrer verzweifelten Energie gelang es ihr nicht, diese vier mächtigen Männer zu überholen. Sie waren sofort außer Sichtweite, und sie trieb ihnen allein hinterher – ganz allein.

Malaeska kehrte nie wieder zu Mr. Danforths Haus zurück, aber sie baute eine Hütte am Weehawken-Ufer und verdiente ihren Lebensunterhalt mit dem Verkauf von bemalten Körben und solchen Stickereien, in denen sich die Indianer auszeichnen. Es war ein einsames Leben, aber manchmal traf sie ihren Sohn im Straßen von Manhattan oder das Segeln auf dem Fluss, und das hielt sie am Leben.

Nach ein paar Monaten kam der Junge zu ihrer Hütte. Seine Großmutter stimmte dem Besuch zu, denn sie hatte immer noch Mitleid mit dem einsamen Indianer und wollte den Jugendlichen nicht übers Meer gehen lassen, ohne sich von ihr zu verabschieden. In all dem bitteren Schmerz dieses Abschieds behielt Malaeska ihren Glauben, und die große Not ihrer Seele erstickend, sah sie, wie ihr Sohn ging, ohne den heiligen Anspruch ihrer Mutterschaft geltend zu machen. Eines Tages stand Malaeska am Ufer und sah, wie ein Schiff mit weißen Segeln von seinen Liegeplätzen abkam und mit grausamer Geschwindigkeit auf den Ozean zusteuerte, den weiten, grenzenlosen Ozean, der ihr wie eine Ewigkeit vorkam.

Kapitel VII.

Allein im Wald, allein,
wenn die Nacht dunkel und spät ist –
Allein auf dem Wasser, allein,
treibt sie dem Schicksal ihrer Frau entgegen.

Wieder Malaeska bestieg ihr Boot und begann ganz allein ihre traurige Reise in den Wald. Nach dem Kampf bei Catskill hatten sich ihre Brüder ins Landesinnere zurückgezogen. Der große Stamm, der dem reichsten Gebiet des Staates New York seinen Namen gab, war stets großzügig in seiner Gastfreundschaft gegenüber weniger glücklichen Brüdern, denen seine Jagdgründe stets offen standen. Malaeska wusste, dass ihr Volk irgendwo in der Nähe der bernsteinfarbenen Wasserfälle von Genesee versammelt war, und sie begann ihre traurige Reise mit dem vagen Verlangen, sie wiederzusehen, da sie nun nur noch Erinnerungen hatte, von denen sie leben konnte.

Mit einer Decke im Bug ihres Bootes, ein paar Broten und etwas Mahlzeit in einem groben Leinenbeutel machte sie sich auf den Weg flussaufwärts. Das Boot war ramponiert und begann, alt auszusehen – die Hälfte der prächtigen Farbe war an den Seiten abgenutzt, und das Innere war oft vom Sturm überspült worden, der über die kleine Bucht in der Nähe ihrer Lodge fegte, wo sie es vertäut hatte. Sie machte keinen Versuch, das trostlose Aussehen zu ändern. Das Tigerfell wurde in ihrer Hütte zurückgelassen. Keine purpurroten Kissen machten den einzelnen Sitz zum Sitzen verlockend. Diese fantasievollen Annehmlichkeiten waren für den Jungen bestimmt – allein die mütterliche Liebe sorgte dafür; aber jetzt hatte sie keine Lust mehr auf solche Dinge. Eine arme, einsame Inderin, von den Weißen zertrampelt und von ihrem eigenen Kind verlassen, kehrte zu ihren Verwandten zurück, um Schutz zu suchen. Warum sollte sie versuchen, weniger trostlos zu wirken, als sie war?

So saß Malaeska trostlos und verlassen in ihrem Boot und trieb es schwerfällig den Bach hinauf. Sie hatte kaum Wünsche, zog aber den ganzen Tag an den Rudern und hielt mit ihrer Stimme den Takt der langsamen Bewegung, aus der ständig ein leiser Trauergesang erklang.

Manchmal ging sie an Land, machte in der Einsamkeit ein Feuer und kochte den Fisch, den sie aufgespießt hatte, oder den Vogel, den ihr Pfeil erlegt hatte; Aber diese Mahlzeiten erinnerten sie immer an die wenigen glücklichen Tage, die sie nach Waldsitte mit ihrem Jungen verbracht hatte, und sie saß stöhnend über dem ungeschmeckten Essen, bis selbst die Vögel, die in der Nähe schwebten, in ihrem Gesang innehielten, um sie schief anzusehen. Deshalb entspannte sie sich bei ihrer eintönigen Arbeit, aber selten, und schlief im Allgemeinen in ihrem kleinen Boot, während die Strömung sich um sie herum bewegte, und nur in eine grobe, graue Decke gehüllt.

Niemand kümmerte sich um ihre Bewegungen, und niemand versuchte, sie zurückzubringen, sonst wäre sie von Zeit zu Zeit von einem Felsen nahe der Küste verfolgt worden, der von Glut geschwärzt war, wo sie ihr Maisbrot gebacken hatte, oder von den Federn von … ein Vogel, den sie gekleidet hatte, ohne ihn zu essen.

Tag für Tag, Tag für Tag setzte Malaeska ihren Wasserweg fort, bis sie zur Mündung des Mohawk gelangte. Dort ruhte sie sich ein wenig aus, mit einer müden, schweren Angst davor, ihre Reise weiter fortzusetzen. Was wäre, wenn ihr Volk sie als Abtrünnige ablehnen würde? Sie hatte sie in ihrer Stunde großer Not im Stich gelassen – war aus dem Grab ihres Vaters, ihres Häuptlings, geflohen und hatte seinen Enkel zu seinem erbittertsten Feind, dem weißen Mann, entführt.

Würden die Menschen ihres Stammes diesen Verrat verzeihen und sie zurücknehmen? Es kümmerte sie kaum; Das Leben war so trostlos geworden, die ganze Welt so dunkel, dass die arme Seele lieber den Schmerz in Kauf nahm und gelächelt hätte, wenn sie gewusst hätte, dass der Tod nahe war. Einige vage Vorstellungen von Religion, die die sanfte Großmutter ihres Sohnes mit Mühe dieser wilden Natur beizubringen versucht hatte, bewahrten sie vor der Selbstzerstörung ; aber sie schätzte die Wahrscheinlichkeit, dass der Stamm sie töten würde, mit vager Hoffnung.

Müde Tage und noch mehr mühsame Nächte verbrachte sie auf dem Mohawk, kroch durch die Schatten und suchte die düstersten Orte für ihre Ruhe: unter den wilden Weinreben, die die jungen Ulmen mit ihren violetten Früchten herabbeugten – unter den goldenen Weiden und der Dämmerung In den Kiefern suchte sie Ruhe, ohne sich um die Gefahr zu scheren. Denn was kümmerte es sie, wie Tod oder Schmerz sich darstellten, solange sie keine Angst davor hatte?

Schließlich zog sie ihr Boot unter einem steilen Abgrund hoch, machte es sicher und machte sich mit nichts als etwas Maismehl, ihrer Decke und ihrem Bug auf den Weg in die Wildnis . Mit der gleichen schweren Lustlosigkeit, die ihren gesamten Weg geprägt hatte, lief sie über die Waldwege und wusste an den gefällten Bäumen, dass ihr Stamm diesen Weg passiert hatte. Aber ihr Weg war holprig und das Lager weit entfernt, und sie musste viele Kilometer zurücklegen, bevor sie es erreichen konnte. Ihre Mokassins waren zerschlissen, und ihr einst so prachtvolles Kleid war völlig zerrissen und vom Wetter befleckt, als sie die kleine Prärie erblickte, die von herrschaftlichen Waldbäumen umgeben war, in der ihr gebrochener Stamm seine Hütten gebaut hatte.

Malaeska warf ihre spärliche Last an Essen weg und nahm eine stolzere Haltung an, als sie diese vertrauten Hütten sah. In all ihrem Kummer konnte sie nicht vergessen, dass sie die Tochter eines großen Häuptlings und eine Prinzessin des Volkes war, das sie suchte.

So betrat sie mit kaiserlichem Schritt und sternenhellen Augen das Lager und suchte die Hütte auf, von der sie anhand vertrauter Zeichen wusste, dass sie die des Häuptlings war, der ihren Sohn abgelöst hatte.

Es war kurz vor Sonnenuntergang, und viele der indischen Frauen hatten sich vor dieser Hütte versammelt und warteten darauf, dass ihre Herren herauskamen; denn es gab einen Rat innerhalb der Loge, und wie der Rest ihres Geschlechts stand die düstere Schwesternschaft gern der Intelligenz im Weg. Malaeska hatte sich in den Jahren, in denen sie unter den Weißen abwesend war, stark verändert. Wenn die Leichtigkeit und Anmut der Jugend verschwunden war, trat an ihre Stelle eine imposantere Würde. Gewohnheiten der Feinheit hatten dafür gesorgt, dass ihr Teint rein und ihr Haar strahlend blieb. Sie hatte ihnen ein schlankes, temperamentvolles junges Geschöpf hinterlassen; Sie kehrte als ernste Frau zurück, bescheiden, aber zugleich königlich.

Die Frauen betrachteten sie zunächst überrascht und dann mit aufkeimendem Zorn, denn nachdem sie innegehalten hatte, um sie anzusehen, ohne ein bekanntes Gesicht zu finden, ging sie weiter zur Hütte, hob die Matte hoch und stand in der Öffnung, wo beide Krieger sie sehen konnten dort versammelten Menschen und die zornigen Blicke der Frauen draußen.

Als die Indianer sahen, dass der Eingang zu ihrem Rat von einer Frau verdunkelt wurde, herrschte Totenstille, gefolgt von einem heftigen Murmeln, das einen Menschen, der den Tod fürchtete, zum Zittern gebracht hätte. Malaeska stand unbeirrt da und musterte die wilde Gruppe mit einem ruhigen, bedauernden Blick; denn unter den alten Männern sah sie einige, die mit ihrem Vater auf dem Kriegspfad gewesen waren. Sie wandte sich an einen dieser Krieger und sagte:

„Es ist Malaeska , Tochter des Schwarzen Adlers.“

Ein Murmeln wütender Überraschung ging durch die Hütte und die Frauen drängten sich zusammen und bedrohen sie mit ihren Blicken.

„Als mein Mann, der junge weiße Häuptling, starb“, fuhr Malaeska fort, „befahl er mir, das große Wasser hinunterzugehen und meinen Sohn zu seinem eigenen Volk zu tragen. Die indische Frau gehorcht ihrem Häuptling.“

Eine Kriegerin, die Malaeska als Freundin ihres Vaters kannte, erhob sich mit strenger Ernsthaftigkeit und sprach:

„Es ist viele Jahre her, dass Malaeska den jungen Häuptling zu seinen weißen Vätern brachte. Die grüne Hemlocktanne ist seitdem an der Spitze abgestorben. Warum kommt Malaeska allein zu ihrem Volk zurück? Ist der Junge tot?"

Malaeska wurde im Zwielicht blass und ihre Stimme stockte. „Der Junge ist nicht tot – und doch ist Malaeska allein!" sie antwortete klagend.

„Hat die Frau aus dem Jungen einen weißen Häuptling gemacht? Ist er zum Feind unseres Volkes geworden?" sagte ein anderer Indianer und blickte Malaeska fest an .

Malaeska kannte die Stimme und den Blick; Es war das eines Tapferen, der sie in seiner Jugend gebeten hatte, sein Wigwam mit ihr zu teilen. Ein Schimmer stolzen Vorwurfs huschte über ihre Züge, als sie den Kopf senkte, ohne zu antworten.

Dann sprach der alte Häuptling erneut. „Warum kehrt Malaeska wie ein Vogel mit gebrochenen Flügeln zu ihrem Stamm zurück? Hat der weiße Häuptling sie aus seinem Wigwam vertrieben?"

Malaeskas Stimme brach aus; Der sanfte Stolz ihres Charakters wuchs, als sich die Wahrheit ihrer Position zeigte.

„ Malaeska gehorchte dem jungen Häuptling, ihrem Ehemann, aber ihr Herz wandte sich wieder ihrem eigenen Volk zu. Sie versuchte, den Jungen erneut in den Wald zu bringen, aber sie folgten ihr den großen Fluss hinauf und nahmen ihn mit; Malaeska steht hier allein . "

Wieder sprach der Inder. „Die Tochter des Schwarzen Adlers verließ ihren Stamm, als das Todeslied ihres Vaters im Wald erklang. Sie kommt zurück, wenn der Mais reif ist, aber es gibt kein Wigwam für sie. Wenn eine Frau des Stammes weggeht zum Feind kehrt sie zurück, nur um zu sterben. Habe ich es gut gesagt ?"

Ein gutturales, zustimmendes Murmeln ging durch die Hütte. Die Frauen hörten es von ihrem Platz im Freien, versammelten sich wild um die Tür und riefen: „Gib sie uns! Sie hat unseren Häuptling gestohlen – sie hat ihren Stamm in Ungnade gefallen. Es ist lange her, dass wir am Feuer getanzt haben." -Festival."

Der Pöbel wütender Frauen kam mit ihren Verspottungen und Drohungen heran und versuchte, Malaeska zu ergreifen , die bleich und reglos vor ihnen stand; aber der Häuptling, den sie einst zurückgewiesen hatte, stand auf und wies sie mit einer Handbewegung zurück.

„Lasst die Frauen zu ihren Wigwams zurückkehren. Die Tochter eines großen Häuptlings stirbt nur durch die Hände eines Häuptlings. Dem Krieger ihres Stammes, dem sie Unrecht getan hat, gehört ihr Leben."

Malaeska richtete ihren traurigen Blick auf sein Gesicht – wie verändert war es seit dem Tag, an dem er sie gebeten hatte, seine Hütte mit ihm zu teilen.

„Und du bist es, der mein Leben will?" Sie sagte.

„Nach den Gesetzen des Stammes gehört es mir", antwortete er. „Drehe dein Gesicht nach Osten – es wird dunkel; der Wald ist tief; niemand wird Malaeskas Schreie hören, wenn das Beil ihre Stirn spaltet. Komm!"

Malaeska drehte sich in blasser Angst um und folgte ihm. Niemand störte den Häuptling, den sie als Weißen abgelehnt hatte. Ihr Leben gehörte ihm. Er hatte das Recht, den Zeitpunkt und den Ort ihrer Hinrichtung zu bestimmen. Doch die Frauen brachten ihre Enttäuschung in teuflischem Spott zum Ausdruck, als sie wie ein Geist durch ihre Reihen glitt und in der Dunkelheit des Waldes verschwand.

Zwischen ihr und dem Häuptling wurde kein Wort gesprochen. Ernst und schweigsam schlug er einen Weg ein, von dem sie wusste, dass er zum Fluss führte, denn sie war ihn am Tag zuvor überquert. So ging sie in Dunkelheit und tiefem Schweigen die ganze Nacht weiter, bis ihre Glieder so erschöpft waren, dass sie sich danach sehnte, den Häuptling anzurufen und zu beten, er möge sie auf der Stelle töten; aber er ging ein wenig voraus und drehte sich nur ab und zu um, um sicherzugehen, dass sie ihm folgte.

Einmal wagte sie es, ihn zu fragen, warum er ihren Tod so lange aufgeschoben habe; aber er deutete den Weg entlang und ging weiter, ohne sich zu einer Antwort herabzulassen. Tagsüber nahm er eine Handvoll getrockneten Mais aus seinem Beutel und forderte sie auf, etwas zu essen; aber er selbst hat in dieser langen Nacht und diesem langen Tag nie einen Bissen gegessen.

Gegen Sonnenuntergang kamen sie am Ufer des Mohawk heraus, in der Nähe der Stelle, an der sie ihr Boot verlassen hatte. Der Indianer hielt hier inne und blickte sein Opfer fest an.

Malaeskas Adern kalt – der Tod war schrecklich, wenn er so nahe kam. Sie warf einen Ausdruck erbärmlichen Flehens auf sein Gesicht, dann stand sie mit gefalteten Händen vor ihm und wartete auf den Moment.

„ Malaeska !"

Seine Stimme war sanfter, seine Lippen zitterten, als der Name, der einst so süß für sein Herz war, durch sie hindurchging.

„ Malaeska , der Fluss ist breit und tief. Der Kiel deines Bootes hinterlässt keine Spur. Geh! Der Große Geist wird dich mit seinen Sternen erleuchten. Hier ist Mais und getrocknetes Wildbret. Geh in Frieden!"

Sie sah ihn mit ihren wilden, zarten Augen an; Ihre Lippen begannen zu zittern, ihr Herz schwoll vor sanfter Süße an, die die Anmut ihrer Zivilisation war. Sie nahm die rote Hand des Wilden und küsste sie ehrfürchtig.

„Leb wohl", sagte sie; „ Malaeska hat keine Worte; ihr Herz ist voll."

Der Wilde begann zu zittern; ein Glanz der alten Leidenschaft überkam ihn.

„ Malaeska , mein Wigwam ist leer. Gehst du zurück? Es ist mein Recht zu retten oder zu töten."

Malaeska zeigte nach oben zum Himmel.

„ *Er* ist dort drüben, im großen Jagdrevier, und wartet darauf, dass Malaeska kommt. Könnte sie vom Wigwam eines anderen Häuptlings erröten?"

Für einen Moment waren diese wilden Gesichtszüge zuckend; Dann ließen sie sich in der kalten Ernsthaftigkeit seines früheren Gesichtsausdrucks nieder, und er zeigte auf das Boot.

Sie ging zum Rand des Wassers, während er die Decke von seinen Schultern nahm und sie ins Boot legte. Dann schob er das kleine Boot aus der Verankerung und bedeutete ihr, hineinzuspringen; er vermied es, ihre Hand zu berühren oder ihr auch nur ins Gesicht zu sehen, sondern sah, wie sie die Ruder ergriff und wortlos das Ufer verließ; Doch als sie außer Sichtweite war, fiel sein Kopf nach vorne auf seine Brust und er verfiel allmählich in eine Haltung tiefen Kummers.

Während er auf einem Felsbrocken saß und ein prächtiger Sonnenuntergang das Wasser zu seinen Füßen purpurn ließ, kam ein Kanu den Fluss hinunter, angetrieben von einem weißen Mann, dem einzigen, der seinen Stamm besuchte. Dieser Mann war ein Missionar unter den Indianern, die ihn als einen großen Medizinchef verehrten, dessen gute Macht etwas Wunderbares war.

Der Häuptling winkte dem Missionar zu, der es eilig zu haben schien, aber er näherte sich dem Ufer. In ein paar kurzen, aber beredten Worten sprach die Kriegerin von Malaeska , von dem schrecklichen Schicksal, vor dem sie gerade gerettet worden war, und von dem verlassenen Leben, dem sie fortan ausgesetzt sein musste. In diesem Mitgefühl lag etwas Großartiges, das tausend großzügige Impulse im Herzen des Missionars berührte. Er war auf dem Weg flussabwärts – denn seine Pflichten lagen bei den Indianern vieler Stämme – und so versprach er, die einsame Frau einzuholen, sie zu trösten und vor Schaden zu bewahren, bis sie eine Siedlung erreichte.

Der gute Mann hat sein Wort gehalten. Eine Stunde später war sein Kanu mit seinem dünnen Kabel an Malaeskas kleinem Boot befestigt, und er unterhielt sich freundlich mit ihr über die Dinge, die seine reine Natur am meisten interessierten.

Malaeska hörte mit sanftmütiger und dankbarer Aufmerksamkeit zu. Keine Blume öffnete sich jemals süßer dem Sonnenschein, als ihre Seele die heiligen Offenbarungen dieses guten Mannes empfing. Er hatte weder Zeit noch Raum zum Unterrichten, sondern nutzte jede sich bietende Gelegenheit, um einer Pflicht nachzukommen. Seine Mission lag immer dort, wo Menschenseelen Wissen brauchten. Deshalb verließ er die einsame Frau erst lange, nachdem sie die Mündung des Mohawk passiert hatten und auf dem Hudson trieben. Als sie in Sichtweite der Catskill-Bergkette kamen, überkam Malaeska ein unwiderstehliches Verlangen, die Gräber ihres Mannes und ihres Vaters zu sehen. Nach welchem anderen Ort in der weiten, weiten Welt hätte sie suchen müssen? Wohin konnte sie gehen, vertrieben von ihrem eigenen Volk und vom Vater ihres Mannes?

Sicher konnte sie unter den Bewohnern des Dorfes solche Kleinigkeiten verkaufen, die ihr Erfindungsreichtum hervorbrachte, und wenn eines der alten Hütten in der Nähe von „der Straka " stünde, wäre das Schutz genug.

Mit diesen Gedanken im Kopf verabschiedete sich Malaeska unter vielen geflüsterten Segenswünschen von der Missionarin und machte sich auf den Weg zur „ Straka ". Dort fand sie eine alte Hütte, durch deren Spalten seit Jahren der Wind gepfiffen hatte; aber sie machte sich fleißig an die Arbeit und sammelte Moos und Rasen, mit denen dieses alte Zuhause, das mit so vielen süßen und bitteren Assoziationen verbunden war, wieder bewohnbar gemacht wurde. Dann nahm sie Besitz und erfand viele bequeme und sogar geschmackvolle Gegenstände, um den Ort zu verschönern, den sie mit Erinnerungen an ihre leidenschaftliche Jugend und ihre frühe, einzige Liebe geweiht hatte.

Die Wälder waren voller Wild und wilde Früchte gab es in Hülle und Fülle; so dass es lange, lange dauerte, bis Malaeskas Wohnsitz in der Nachbarschaft bekannt wurde. Sie schreckte davor zurück, sich einem Volk zu nähern, das sie so grausam behandelt hatte, und hielt sich deshalb in völliger Einsamkeit, solange Einsamkeit möglich war.

In ihrem ganzen Leben hegte Malaeska nur eine vage Hoffnung, und zwar auf die Rückkehr ihres Sohnes aus dem fernen Land, in das ihn die grausamen Weißen geschickt hatten. Sie hatte den Missionar eingehend über diese Länder befragt und hatte nun eine sichere Vorstellung von deren Ausmaß und Entfernung jenseits des Ozeans. Die großen Wasser kamen ihr nicht mehr wie eine Ewigkeit vor, und die Abwesenheit kam ihr so sehr wie der Tod vor. Irgendwann würde sie ihr Kind vielleicht wiedersehen; Bis dahin würde sie warten und zum Gott des weißen Mannes beten.

nicht mehr wie eine Ewigkeit vor, und die Abwesenheit kam ihr so sehr wie der Tod vor. Irgendwann würde sie ihr Kind vielleicht wiedersehen; Bis dahin würde sie warten und zum Gott des weißen Mannes beten.

KAPITEL VIII.

Huzza für die Wälder und Hügel!
Huzza, für die Beeren so blau!
Unsere Körbe werden wir fröhlich füllen,
Während das Dickicht vor Tau glitzert.

Jahre bevor der Schauplatz unserer Geschichte nach Catskill zurückkehrte, hatten Arthur Jones und die hübschen Martha-Freunde geheiratet und sich im Leben niedergelassen. Der gutherzige alte Mann starb bald nach der Verbindung und hinterließ dem Paar Erben seines kleinen Ladens und eines respektablen Grundbesitzes. Arthur war ein nachsichtiger, guter Ehemann, und Martha wurde bald zu sehr durch die Sorgen einer aufstrebenden Familie eingeschränkt, als dass sie sich der neckenden Koketterie widmen konnte, die ihre Kindheit geprägt hatte. Sie unterstützte ihren Mann bei all seinen Geldverdienprojekten; war eine sparsame und sparsame Haushälterin; erlaubte ihren Kindern nie, barfuß zu gehen, außer bei sehr heißem Wetter; und, um ihre eigenen Worte zu verwenden, legte Wert darauf, ihren Kopf so hoch zu halten wie jede andere Frau in der Siedlung.

Wenn ein ununterbrochener Wohlstand eine Person zu diesem Privileg berechtigen könnte, dann erhob Mrs. Jones sicherlich keinen falschen Anspruch darauf. Jedes Jahr fügte sie dem Besitz ihres Mannes etwas hinzu. Zusätzlich zu dem, was er von seinem Schwiegervater geerbt hatte, wurden mehrere hundert Hektar gerodetes Land gekauft; Der bescheidene Laden entwickelte sich nach und nach zu einem respektablen Sortenladen, und an der Stelle der alten Blockhütte stand ein hübsches Fachwerkhaus.

Darüber hinaus war Mr. Jones ein Friedensrichter und ein Würdenträger im Dorf; und seine Frau hatte, obwohl sie viel kräftiger war als als Mädchen und Mutter von sechs Kindern, nichts von ihrem gesunden Aussehen verloren und war auch im Alter von achtunddreißig Jahren weiterhin eine wirklich sehr hübsche Frau.

So befand sich die Familie in der Zeit, in der unsere Geschichte auf sie zurückkommt. An einem warmen Nachmittag, mitten im Sommer, saß Mrs. Jones auf der Veranda ihres Hauses und war damit beschäftigt, ein Kleidungsstück aus selbstgemachtem Leinen auszubessern, das seiner Größe nach offensichtlich einem ihrer jüngeren Kinder gehörte. Auf einer Seite der Veranda befand sich eine Käsepresse, in der zwischen den Schnecken eine reichhaltige, schwere Käsemasse gepresst war; und daneben stand ein kleines doppeltes Flachsrad, noch nicht umwickelt und mit der Arbeit eines Tages noch von den Spulen abgewickelt. In einer Ecke lagen ein Beil und ein Paar Handkarten mit einem Bündel Spulen, die durch eine Wergschnur zusammengebunden waren, und hoch darüber hingen an groben Holzpflöcken mehrere riesige Bündel Werg und Leinengarn, die Produkte vieler wochenlange harte Arbeit.

Ihre Kinder waren in den Wald gegangen, um Heidelbeeren zu holen, und die Mutter legte hin und wieder ihre Arbeit nieder und trat auf die grüne Wiese hinter der Veranda, um ihr Kommen zu beobachten, nicht ängstlich, sondern wie jemand, der sich ohne sie wie immer ruhelos und verloren fühlt Gefährten. Nachdem sie eine Weile im Gras gestanden hatte , ihre Augen mit der Hand beschattete und auf den Wald blickte, kehrte sie schließlich zur Veranda zurück, legte ihre Arbeit nieder, betrat die Küche, füllte den Teekessel und begann, das Abendessen vorzubereiten . Sie hatte einen langen Kieferntisch in die Mitte des Bodens gestellt und war gerade dabei, ihn auszubreiten, als ihre älteste Tochter mit einem Korb voller Heidelbeeren auf dem Arm durch die Veranda kam. Ihr hübsches Gesicht war vom Gehen gerötet, und eine Fülle heller Locken floss in einiger Unordnung aus ihrer rosafarbenen Sonnenhaube, die teilweise von ihrem Kopf zurückfiel.

„Oh, Mutter, ich habe dir etwas so Seltsames zu sagen " , sagte sie, stellte den Korb mit der Ladung reifer, blauer Früchte ab und fächelte sich Luft mit einem Bündel Kastanienblättern zu, die sie im Wald gesammelt hatte. „Kennen Sie das alte Wigwam bei ‚der Straka'? Nun, als wir daran vorbeigingen, war das Gestrüpp, das früher die Tür verstopft hatte, vollständig weg; die Spalten waren mit grünem Moos und Blättern gefüllt, und eine Rauchwolke kräuselte sich wunderschön vom Dach zwischen den Bäumen. Wir wussten nicht, was wir davon halten sollten, und hatten zuerst Angst, hineinzuschauen; aber schließlich spähte ich durch eine Öffnung in den Baumstämmen, und so wahr du auch sein magst, Mutter, da saß eine Inderin und las – las, Mutter ! Wussten Sie, dass Indianer lesen konnten? Das Innere des Wigwams war mit Strohmatten ausgehangen, und darin befanden sich eine Truhe und einige Hocker und ein kleines Regal mit Büchern und ein weiteres mit einigen irdenen Schüsseln und einer Porzellantasse und Darauf stand eine mit Gold bestreute Untertasse. Ich sah kein Bett, aber in einer Ecke lag ein Haufen frischen, süßen Farns, auf dem ein Paar saubere Laken ausgebreitet waren, auf denen sie vermutlich schläft, und dort Sicherlich lag oben ein Federkissen.

„Nun, die indische Frau sah freundlich und harmlos aus; also überlegte ich mir, wie ich hineingehen und um eine Tasse bitten konnte, aus der ich trinken konnte.

„Als ich auf die andere Seite des Wigwams ging, sah ich, dass der Rauch von einem Feuer draußen aufstieg; ein Kessel hing in der Flamme, und mehrere andere Töpfe und Kessel standen auf einer kleinen Bank neben dem Stamm Eine Eiche, in der Nähe. Ich muss etwas Lärm gemacht haben, denn die

Indianerin schaute zur Tür, als ich sie öffnete, als hätte sie ein wenig Angst, aber als sie sah, wer es war, sah ich niemanden Ich lächelte so freundlich; sie gab mir die Porzellantasse und ging mit mir zur Quelle, wo die Jungen spielten.

„Während ich trank, fiel mein Ärmel zurück, und sie sah das kleine Wampum-Armband, das du mir gegeben hast, weißt du, Mutter. Sie zuckte zusammen, ergriff meinen Arm und starrte mir ins Gesicht, als hätte sie mich angesehen durch; schließlich setzte sie sich ins Gras an der Quelle und bat mich, mich neben sie zu setzen und ihr meinen Namen zu sagen. Als ich es ihr sagte, schien sie bereit zu weinen vor Freude; Tränen traten ihr in die Augen und sie küsste zwei- oder dreimal meine Hand, als wäre ich die beste Freundin gewesen, die sie jemals auf Erden hatte.

„Ich erzählte ihr, dass ein armes indisches Mädchen dir das Armband geschenkt hatte, bevor du mit meinem Vater verheiratet warst. Sie stellte viele Fragen dazu und zu dir."

„Als ich anfing, den Indianerkampf und das Grab des Häuptlings unten am See zu beschreiben, saß sie völlig still, bis ich fertig war; dann schaute ich ihr ins Gesicht; große Tränen rollten eine nach der anderen über ihre Wangen, ihre Hände waren verschränkt in ihrem Schoß, und ihre Augen waren mit einem seltsamen Blick auf mein Gesicht gerichtet, als wüsste sie nicht, worauf sie so scharf starrte. Sie blickte mir auf diese Weise ins Gesicht, mehr als eine Minute nachdem ich mit dem Sprechen fertig war .

„Die Jungen unterbrachen ihr Spiel, weil sie begonnen hatten, die Quelle zu stauen, und standen mit den Händen voller Rasen da, zusammengedrängt, und starrten die arme Frau an, als hätten sie noch nie zuvor jemanden weinen sehen. Sie schien nicht um auf sie zu achten, ging aber wieder ins Wigwam, ohne ein Wort zu sagen.

„Und war das das letzte Mal, dass du sie gesehen hast?" fragte Frau Jones, die sich für die Erzählung ihrer Tochter interessierte.

„Oh nein, sie kam gerade wieder heraus, als wir uns von der Quelle entfernten. Ihre Stimme war süßer und trauriger als zuvor, und ihre Augen sahen schwer und besorgt aus. Sie dankte mir für die Geschichte, die ich ihr erzählt hatte. und schenkte mir dieses Paar wunderschöner Mokassins.

„Mrs. Jones nahm ihrer Tochter die Mokassins aus der Hand. Sie waren aus ordentlich gekleidetem Hirschleder, bedeckt mit Perlen und zarter Handarbeit aus Seide.

"Es ist seltsam!" murmelte Frau Jones; „Man könnte es fast für möglich halten. Aber Unsinn; hat uns der alte Kaufmann nicht mitgeteilt, dass die arme Kreatur und ihr Kind in den Highlands verloren gegangen sind – dass sie verhungert sind? Nun, Sarah", fügte sie hinzu und wandte sich an ihre Tochter „Ist das alles? Was hat die Frau gesagt, als sie dir die Mokassins gab? Ich wundere mich nicht, dass du damit zufrieden bist."

„Sie hat mir nur gesagt, ich solle wiederkommen, und-"

Hier wurde Sarah von einer Schar lärmender Jungen unterbrochen, die in Scharen durch die Veranda kamen, ihre Strohhüte schwenkten und bei jedem Schritt ihre mit Früchten beladenen Heidelbeerkörbe hin und her schwangen.

„ Hurra ! Hurra ! Sarah hat sich in eine alte Squaw verliebt. Wie geht es Ihnen, Miss Jones? Oh, Mutter, ich wünschte, Sie könnten sehen, wie sie die Kupferhaut umarmt und küsst – es war wunderschön!"

Hier stießen die ausgelassenen Schurken ein Gelächter aus, das durch das Haus hallte, als würde eine militärische Versammlung aufgelöst.

„Mutter, lass sie ruhig sein; sie haben den ganzen Weg nach Hause nichts anderes getan, als mich zu necken und sich über mich lustig zu machen", sagte das verärgerte Mädchen und weinte halb.

„Wie haben die Lippen der alten Squaw geschmeckt, hey?" beharrte der älteste Junge, zog seine Schwester am Ärmel und blickte ihr mit Augen voller frechem Schalk ins Gesicht. „Süß wie Ahornzucker, nicht wahr? Komm und erzähl es."

„Arthur – Arthur! Du solltest besser still sein, wenn du weißt, wann es dir gut geht!" rief die Mutter mit einer leichten Handbewegung, die für die schelmische Gruppe von großer Bedeutung war.

„Oh, nicht – bitte, nicht!" rief der verwöhnte Bengel, hielt sich die Ohren zu und rannte in eine Ecke, wo er stand und seiner Mutter ins Gesicht lachte. „Ich sage Sarah, war es süß?"

„Arthur, lass mich nicht noch einmal mit dir reden, sage ich", rief Mrs. Jones, machte einen Schritt nach vorne und tat ihr Möglichstes, um ein Stirnrunzeln aufzuziehen, während ihre Hand ihre feindselige Absicht noch einmal deutlich machte.

„Nun, dann bringen Sie sie dazu, es mir zu sagen; Sie sollten ihr eins auf die Ohren legen, weil sie eine höfliche Frage nicht beantwortet hat – nicht wahr, Jungs!"

Dieser unverschämte Appell und der zurückhaltende, schelmischen Gesichtsausdruck des Täters hatten etwas völlig Lächerliches. Mrs. Jones biss sich auf die Lippen, wandte sich ab und ließ den Jungen wie immer als Sieger zurück. „Es lohnt sich nicht, sich um ihn zu kümmern, Sarah“, sagte sie, offensichtlich beschämt über ihren Mangel an Entschlossenheit; „Komm ins Nebenzimmer, ich muss dir etwas sagen.“

Als Mutter und Tochter allein waren, setzte sich Frau Jones und zog das junge Mädchen auf ihren Schoß.

„Nun, Sarah“, sagte sie und strich das üppige Haar glatt, das an ihrer Brust lag, „dein Vater und ich haben heute über dich gesprochen. Du bist fast sechzehn und kannst deinen Tag mit jedem Mädchen in der Welt verbringen.“ Siedlung. Dein Vater sagt, dass er dich nach Manhattan zur Schule schicken wird, nachdem du Weben und Käsemachen gelernt hast.“

„Oh, Mutter, hat er das gesagt? Im Ernst, im Ernst?“ rief das entzückte Mädchen, schlang die Arme um den Hals ihrer Mutter und küsste ihren noch schönen Mund voller Freude über die gerade übermittelte Information. „Wann lässt du mich gehen? Ich kann in einer Woche Weben und Käsemachen lernen.“

„Wenn du in zwei Jahren alles lernst, was seiner Meinung nach das Beste für dich ist, wird es so viel sein, wie wir erwarten. Achtzehn ist ziemlich jung genug. Wenn du zu Hause sehr klug bist, solltest du gehen, wenn du achtzehn bist.“

„Zwei Jahre sind eine lange, lange Zeit“, sagte das Mädchen in einem Ton der Enttäuschung; „Aber dann ist Vater so freundlich, mich überhaupt gehen zu lassen. Ich werde zum Laden hinunterlaufen und ihm danken. Aber, Mutter“, fügte sie hinzu und wandte sich von der Tür ab, „hat es wirklich geschadet, mit der Inderin zu reden?“ „Es gab nichts an ihr, das nicht wie die Weißen aussah, außer ihrer Haut, und die war nicht so *sehr* dunkel.“

„Schaden? Nein, Kind. Wie dumm bist du, dich von den Jungs so ärgern zu lassen.“

„Ich werde sie dann noch einmal besuchen – darf ich?“

„Sicher – aber sehen Sie, Ihr Vater kommt zum Abendessen. Laufen Sie raus und schneiden Sie das Brot. Sie müssen jetzt sehr schlau sein; denken Sie an die Schule.“

In der Zeit zwischen Sarah Jones‘ sechzehntem und achtzehntem Lebensjahr war sie fast täglich Besucherin im Wigwam. Der kleine Fußweg, der vom Dorf zur „ Straka “ führte, war für andere zwar kaum zu definieren, kam ihr aber ebenso vertraut vor wie das Gelände rund um das Haus ihres Vaters. Wenn ein oder zwei Tage vergingen, an denen eine Krankheit oder ein anderer Grund ihren üblichen Besuch verhinderte, war ihr sicher, dass sie von der einsamen indischen Frau ein Zeichen der Erinnerung erhalten würde. Jetzt erreichte es sie in Form eines Korbes mit reifen Früchten oder eines Straußes wilder Blumen, zusammengebunden mit dem Geschmack eines Künstlers; Wiederum war es eine Weintraube, auf der die violette Blüte frisch lag, oder eine junge Spottdrossel mit Tönen, die so süß waren wie die Stimme eines Brunnens, würde durch die Hände eines Dorfjungen zu ihr gelangen.

Diese liebevollen Geschenke konnten immer auf die Bewohnerin des Wigwams zurückgeführt werden, auch wenn sie sie nicht, wie es manchmal der Fall war, persönlich überreichte.

Das Aussehen dieser Indianerin hatte etwas Seltsames, das zunächst Staunen erregte und sich schließlich den Respekt der Siedler sicherte. Ihre Sprache war rein und elegant, manchmal sogar so poetisch, dass sie ihr Verständnis überstiegen, und ihre Gefühle waren im Prinzip richtig und voller Einfachheit. Wenn sie mit Mokassins oder hübsch bemalten Körben zum Verkauf im Dorf erschien, war ihr Verhalten ängstlich und schüchtern wie das eines Kindes. Sie setzte sich nie hin und betrat selten eine Wohnung, sondern verkaufte ihre Waren lieber im Freien und benutzte bei der Transaktion so wenig Worte wie möglich. Man sah sie nie wütend, und wenn sie sprach, lag immer ein süßes, geduldiges Lächeln auf ihren Lippen. In ihrem Gesicht war mehr als nur ein Rest von Schönheit; Die Poesie des Intellekts und des warmen, tiefen Gefühls verleiht ihm eine Lieblichkeit, wie man sie selten auf der Stirn eines Wilden sieht. In Wahrheit war Malaeska für die Siedler ein seltsames und unverständliches Wesen. Aber sie war so ruhig, so schüchtern und sanft, dass alle sie liebten, ihr kleine Waren kauften und ihre Bedürfnisse erfüllten, als wäre sie eine von ihnen gewesen.

Es war etwas Wundervolles in der Freundschaft, die zwischen der fremden Frau und Sarah Jones entstand. Das junge Mädchen profitierte davon auf eine Art und Weise, wie man es von einem so einzigartigen und scheinbar so unnatürlichen Geschlechtsverkehr kaum erwarten konnte. Die Mutter war eine gutherzige, weltliche Frau, die ihrer Familie stark verbunden war, aber völlig frei von jenen feinen Empfindlichkeiten, die das Glück und das Elend so vieler Menschen zugleich ausmachen. Aber alle Elemente einer intellektuellen, zarten und hochherzigen Frau schlummerten im Schoß ihres Kindes. Sie strahlten in den Tiefen ihrer großen blauen Augen, brachen über ihre reinweiße Stirn, wie Parfüm aus den Blättern einer Lilie, und ließen ihren kleinen Mund mit einem Lächeln und der Schönheit ungeschliffener Gedanken bereden.

Mit sechzehn hatte der Charakter des jungen Mädchens kaum begonnen, sich zu entwickeln; Doch als die Zeit kam, in der sie zur Schule geschickt werden sollte, gab es außer den bloßen Errungenschaften nur noch wenig zu lernen.

Ihr Geist war durch den ständigen Umgang mit den schönen Dingen der Natur kräftig geworden. Alle latenten Eigenschaften eines warmen, jugendlichen Herzens und eines überlegenen Intellekts waren von dem seltsamen Wesen, das eine solche Macht über ihre Gefühle erlangt hatte, sanft in Aktion gesetzt worden.

Die Indianerin, die in sich alles Starke, Malerische und Einfallsreiche des wilden Lebens mit der Zartheit, Süße und Feinheit verband, die dem Zug der Zivilisation folgt, hatte mit ihr die wildschöne Landschaft der Nachbarschaft beschritten. Sie hatten gemeinsam die reine Luft des Berges eingeatmet und beobachtet, wie die purpurnen und bernsteinfarbenen Wolken des Sonnenuntergangs in den Abend übergingen, als reine, süße Gedanken auf natürliche Weise in ihre Herzen kamen, während das Licht aus dem Busen des Sterns scheint.

Es ist seltsam, dass die reine und einfache Religion, die die Seele zu Gott erhebt, dem schönen jungen Weißen zuerst von den Lippen eines Wilden beigebracht wurde, als er von der sterbenden Herrlichkeit eines Sonnenuntergangshimmels inspiriert wurde. Doch so war es; Sie hatte ihr ganzes Leben lang gepredigt, Glaubensbekenntnisse in sich aufgenommen und ihren Geist mit den Meinungen und Traditionen anderer Geister gefesselt, und auch nicht davon geträumt, dass die Liebe Gottes manchmal im menschlichen Herzen entzündet werden könnte, wie Feuer, das aus einem Altarstein aufblitzt ; und wieder kann es sich allmählich unter dem Einfluss des göttlichen Geistes ausdehnen und sich so sanft entfalten, dass die Seele selbst kaum weiß, wann sie aufblüht – dass jede Anstrengung, die wir für die Bildung des Herzens und die Erweiterung des Intellekts unternehmen, ist zumindest ein Schritt zur Erlangung der Religion.

Als der reine, einfache Glaube der Inderin zum Vorschein kam – als sie sah, wie wunderbar sich hohe Energien und erhabene Gefühle mit der christlichen Sanftmut und dem dauerhaften Glauben ihres Charakters vermischten, begann sie, das Gute wegen seiner überragenden Schönheit zu lieben und diese zu kultivieren Eigenschaften, die sie an ihrem Freund aus dem wilden Wald als so würdig empfand. So erreichte Sarah eine Verfeinerung der Seele, die ihr keine Schule hätte vermitteln können und die kein oberflächlicher Glanz jemals verbergen oder trüben konnte. Diese Verfeinerung von Prinzipien und Gefühlen hob das junge Mädchen weit aus ihren früheren alltäglichen Assoziationen heraus; und der sanfte Einfluss ihres Charakters war nicht nur im Haushalt ihres Vaters, sondern in der gesamten Nachbarschaft zu spüren.

KAPITEL IX.

„Sie sehnte sich nach dem liebevollen Kuss ihrer Mutter
und den zärtlichen Worten ihres Vaters
und der freudigen Fröhlichkeit ihrer kleinen Schwester,
wie das Lied der Sommervögel.
Ihr Herz kehrte zurück zu dem alten Zuhause , das ihre Erinnerung
bis zur kleinsten Kleinigkeit so gut kannte. “
Die Vergangenheit
überkam sie wie ein Zauber.

Sarah Jones reiste zur verabredeten Zeit nach Manhattan, mit einer kleinen Truhe voller Kleidung und einem großen Korb voller Proviant; Denn selbst bei gutem Wind brauchte eine Schaluppe damals eine lange Zeit, um den Hudson hinunterzufahren, und ihre Annäherung an eine Siedlung verursachte mehr Aufregung, als der größte Atlantikdampfer heutzutage hervorrufen könnte. Also versorgte die gute Mutter ihre hübsche Pilgerin mit einer Ladung Wunderkuchen, Keksen, Trockenfleisch und Käse, genug, um eine Kompanie Soldaten tagelang mit voller Ration zu versorgen.

Neben all dieser Fülle in der Kommissarabteilung brachte die gute Dame wunderbare Exemplare ihrer eigenen Handarbeit in Form von gestrickten Muffeln, feinen Garnstrümpfen und farbigen Armbändern hervor, die sie jahrelang für Sarahs Outfit gestrickt hatte, als sie aufgerufen werden sollte auf, dieses gefährliche Abenteuer in die weite Welt zu unternehmen.

Darüber hinaus hatte Sarah Andenken von den Kindern, mit einem Vorrat hübscher Armbänder und ausgefallener Körbe von Malaeska , die sich voller Zärtlichkeit und Trauer von ihr trennte; Denn noch mehr wie eine wilde Weinrebe, die überall ihre Ranken ausstreckte, um Halt zu finden, wurde sie wieder auf die Erde geworfen.

Schließlich fand Sarah die Aufregung ihrer Reise nicht besonders interessant, und ohne die Anwesenheit ihres Vaters auf der Schaluppe hätte sie ziemliches Heimweh gehabt, bevor die weißen Segel der Schaluppe die Pointe umrundet hätten. So wie es war, wurde sie nachdenklich und fast traurig, als sich die düstere Pracht der Landschaft offenbarte. Hier und da durchbrach eine Siedlung den Wald mit einem Lächeln der Zivilisation, an der sie mit dem stolzen Bewusstsein, die Welt zu sehen, vorbeiging; aber insgesamt dachte sie mehr an die rosige Mutter und die ausgelassenen Kinder zu Hause als an neue Szenen oder neue Leute.

Endlich begegnete Manhattan mit seinem Gürtel aus silbernem Wasser, seinen Giebeln und seinen überhängenden Bäumen ihrem gespannten Blick. Hier war ihre Bestimmung – hier sollte sie belehrt und zu einem Wunder der

Vornehmheit verfeinert werden. Die Stadt war sehr schön, aber nachdem die erste Neuheit nachließ, wurde sie einsamer als je zuvor; Alles war so seltsam – die verwinkelten Gassen, die bunten Geschäfte und die malerischen Häuser mit ihren Zinnen und Dachfenstern, die ihr alles viel zu prächtig vorkamen, um sich zu trösten.

Zu einem dieser Häuser führte Arthur Jones seine Tochter, gefolgt von einem Träger, der ihren Koffer auf einer Schulter trug, während Jones sich persönlich um den Proviantkorb kümmerte.

Das alles war nicht besonders wundervoll, aber die Leute drehten sich im Vorbeigehen um und betrachteten die Gruppe mit mehr als gewöhnlichem Interesse, denn Sarah besaß die ganze frische Schönheit ihrer Mutter, gepaart mit namenlosen Anmuten der Vornehmheit, was sie zu einem sehr liebenswerten jungen Geschöpf machte anzuschauen.

Wenn in einer Stadt so viele Gebäude errichtet, so viele Bäume entwurzelt und Teiche zugeschüttet wurden, ist es unmöglich, die Orte anzugeben, die früher existierten; denn alle ländlichen Wahrzeichen werden weggeschwemmt. Aber früher gab es in Manhattan rund um die Häuser Platz für Blumen, und ein angesehener Mann gab dem Haus, in dem er wohnte, seinen Namen. Der aristokratische Teil der Stadt befand sich rund um das Bowling Green und zurück in die angrenzenden Straßen .

Irgendwo in einer dieser Straßen, ich kann die genaue Stelle nicht sagen, denn bald nach unserer Geschichte verschwand ein kleiner See in der Nachbarschaft, und alle hübschen Punkte der Szene wurden damit zerstört – aber irgendwo, in einer der angesehensten Straßen, stand ein Haus mit der Anzahl von Giebeln und Fenstern, die für vollkommene Vornehmheit erforderlich sind, und eine große Messingplatte breitete ihre glitzernde Oberfläche unter dem großen Messingklopfer aus. Auf diesem Schild wurde in hellen, goldenen Buchstaben darauf hingewiesen, dass dort Madame Monot , ein Relikt von Monsieur Monot , der sich als führender Lehrer in einem der ersten Frauenseminare in Paris hervorgetan hatte, an der Spitze eines Auserwählten zu finden war Schule für junge Damen.

Sarah war überwältigt von der Breite und Helligkeit dieses Türschilds und erschrak über das heftige Echo des Türklopfers. Der Eingang hatte etwas zu Feierliches und Erhabenes an sich, um vollkommene Ruhe zu bieten .

Als er den Türklopfer fallen ließ, blickte Mr. Jones mit einer Art zärtlicher Selbstgefälligkeit zu ihr zurück, denn er erwartete, dass sie von der Pracht, zu der er sie brachte, ziemlich verblüfft sein würde; aber Sarah zitterte nur und wurde schüchtern; Sie hätte der Welt die Möglichkeit gegeben, sich umzudrehen und jeden Weg wegzulaufen, um am Ende nach Hause zu gelangen.

Die Tür öffnete sich, zumindest die obere Hälfte, und sie wurden in einen mit kleinen holländischen Fliesen gepflasterten, makellos sauberen Saal eingelassen, durch den sie in einen Salon geführt wurden, der in all seinen Annehmlichkeiten karg und primitiv war, in dem es sich aber offensichtlich um den großen Empfang handelte – Raum der Einrichtung. Nichts hätte trostloser sein können als das Zimmer, außer dass es durch zwei schmale Fenster ausgeglichen wurde, die auf die Ecke des grünen Zauns blickten , in dem das Haus stand. Dieser Winkel war durch eine niedrige Mauer von einem scheinbar weiten und weitläufigen Garten getrennt, der reich mit Obstbäumen und blühenden Sträuchern gefüllt war.

Der Frühling brachte gerade seine ersten Knospen hervor, und Sarah vergaß die Kälte im Inneren, als sie die Zweige eines jungen Apfelbaums sah, die im ersten zarten Grün über die Mauer hingen. Es erinnerte sie angenehm an den Obstgarten zu Hause.

Die Tür öffnete sich, und mit einem nervösen Schreck erhob sich Sarah zusammen mit ihrem Vater, um die kleine Französin zu empfangen, die mit flatternder Höflichkeit hereinkam und bestrebt war, die Ehre ihres Hauses zu erweisen.

Madame Monot nahm Sarah mit einem anmutigen Schwung aus den Händen ihres Vaters, der keinen Raum für Einspruch ließ. „Sie wusste alles – genau, was die junge Dame brauchte – was ihren sehr angesehenen Eltern am besten gefallen würde – es bedarf keiner Erklärungen – die junge Dame war frisch wie eine Rose – sehr charmant – in ein paar Monaten sollten sie sehen – das war alles – Monsieur Jones brauchte sich nicht um sein Kind zu kümmern – Madame würde sich verpflichten, ihre Ausbildung sehr bald zu beenden – Musik natürlich – ein Instrument war gerade extra für die Schule aus Europa gekommen – dann Französisch, nichts einfacheres – Madame konnte es versprechen dass die junge Dame zweifellos in ein, zwei, drei, vier Monaten wunderbar Französisch sprechen würde – Monsieur Jones könnte sehr zufrieden in den Ruhestand gehen – seine Tochter würde anders zurückkommen – perfekt sogar.

Bei all dieser Redseligkeit wurde der arme Jones halb überredet, halb höflich aus dem Haus geführt, ohne auch nur ein einziges letztes Abschiedswort ausgesprochen zu haben oder seine Tochter auch nur einen Augenblick gegen das ehrliche Herz zu halten, das sich trotz seines großen Ehrgeizes danach sehnte, sie wieder mitzunehmen um sie als Dame zu sehen.

Die arme Sarah blickte ihm nach, bis ihre Augen von unvergossenen Tränen geblendet waren; dann erhob sie sich schweren Herzens und folgte Madame in das Zimmer, das fortan ihr Zufluchtsort vor der trostlosesten Pflichtroutine sein sollte, zu der ein armes Mädchen je verurteilt war. Es war ein Trost, dass die Fenster auf den wunderschönen Garten blickten. An diesem Abend lernte Sarah an einem langen, schmalen Tisch, an dem etwas serviert wurde, was das ahnungslose Mädchen zunächst als Vormahl zu einer Mahlzeit betrachtete, die vielen jungen Damen kennen, die ihre Schulkameradinnen werden sollten. Zum Glück hatte sie keinen Appetit und die knappe Kost machte ihr nichts aus. Fünfzehn oder zwanzig Mädchen, von denen einige verstohlen, andere kühn ihre Blicke auf sie richteten, reichten aus, um den Appetit einer weniger schüchternen Person abzuschrecken.

Arme Sarah! Von allen heimwehkranken Schulmädchen, die je gelebt haben, war sie die einsamste . Madames gönnerhafte Freundlichkeit reichte nur aus, um ihr die Tränen in die Augen zu treiben, die sie so tapfer zurückzuhalten versuchte.

Aber Sarah war sowohl mutig als auch einfühlsam. Sie kam zum Studieren nach Manhattan; Ganz gleich, ob ihr das Herz schmerzte, das Gehirn musste funktionieren; Ihr Vater hatte große Opfer gebracht, um ihr sechs Monate an dieser teuren Schule zu ermöglichen; Sein Geld und seine Freundlichkeit dürfen nicht weggeworfen werden.

So überlegte das tapfere Mädchen, unterdrückte den eindringlichen Wunsch nach einem Zuhause und nahm ihre Aufgaben mit Energie an.

In der Zwischenzeit kehrte Jones schweren Herzens und einer neuen Auswahl an Frühlingsartikeln nach Hause zurück, was jedes Frauenherz in Catskill in Aufregung versetzte. Jedes Hühnernest in der Nachbarschaft wurde ausgeraubt, bevor die Eier kalt waren, und der Inhalt wurde in den Laden transportiert. Was die Butter anbelangt, so wurde überall darüber geklagt , dass sie auf dem heimischen Tisch knapp sei, während Jones ernsthaft darüber nachdachte, einen Cent für das Pfund zu verlieren, so reichlich kam es.

KAPITEL X.

Es war ein lieber, altmodischer Garten ,
halb Sonnenschein und halb Schatten,
wo den ganzen Tag über die Vögel und die Brise
eine angenehme Musik machten;
Und Scharen heller und leuchtender Blumen
verbreiteten ihren Duft,
bis es wie ein Feenschlupf war
, der keinen menschlichen Ton kannte
. – FRANK LEE BENEDICT.

Es war ein strahlender Frühlingsmorgen, der Himmel voller großer Schäfchenwolken, die einander über das klare Blau jagten, und ein leichter Wind bewegte die Bäume, bis ihre sich öffnenden Knospen einen köstlichen Duft verströmten, der wie ein parfümierter Hauch des nahenden Sommers war .

Sarah Jones stand am Fenster ihres kleinen Zimmers und schaute wehmütig in den Nachbargarten hinaus, bedrückt von einem Gefühl der Einsamkeit und des Heimwehs, das sie dazu veranlasste, ihre Bücher beiseite zu werfen, ihre halb erworbenen Errungenschaften aufzugeben und dorthin zurückzukehren ihr ruhiges Landhaus.

Es kam ihr so vor, als wäre es all das Französisch und die Musik wert, die sie in zwanzig Jahren lernen konnte, wenn sie mit ihren Brüdern durch den alten Obstgarten tobte und sich gegenseitig mit den fallenden Knospen bewarf. Der Schlag der Drechselbank ihrer Mutter auf dem altmodischen Webstuhl wäre für ihr Ohr eine angenehmere Musik gewesen als der Schlag des Klaviers, das sie einst für eine so großartige Angelegenheit gehalten hatte; Aber seitdem hatte sie so viele ermüdende Stunden damit verbracht, so viele Tränen auf den kalten weißen Tasten vergossen, dass ihre Finger noch schlimmer schmerzten als jemals zuvor das Spinnrad, dass sie fast wie jedes andere Schulmädchen war neigte dazu, das gepriesene Klavier als Folterinstrument zu betrachten, das eigens zu ihrem Ärger erfunden wurde.

Sie hatte es satt, nach Regeln zu denken und zu handeln, und obwohl Madame Monot auf ihre Art recht freundlich war, war die Disziplin, der sich Sarah unterwerfen musste, für das ungeübte Landmädchen sehr lästig. Sie war es leid, regelmäßige Stunden zum Lernen zu haben – sie war es leid, für eine bestimmte Zeit in einer Prozession mit den anderen Mädchen hinauszugehen – niemand wagte es, sich auch nur annähernd natürlich oder frei zu bewegen – und sehr oft verspürte sie fast das Bedürfnis, nach Hause zu schreiben und sie darum zu bitten schick nach ihr.

In einer unruhigen, unglücklichen Stimmung, wie wir sie beschrieben haben, stand sie an jenem Morgen am Fenster, als sie eifrig an dem Stapel Bücher hätte arbeiten sollen, der vernachlässigt auf ihrem kleinen Tisch lag.

Der hübsche Garten, auf den sie herabblickte, war für sie eine große Versuchung; Und wenn Madame Monot gewusst hätte, wie es Sarahs Aufmerksamkeit ablenkte, gibt es allen Grund zu der Annahme, dass sie in aller Eile auf die gegenüberliegende Seite des Hauses gebracht worden wäre, wo es nichts Unterhaltsameres geben würde, wenn sie sich dazu entschlossen hätte, an ihrem Fenster zu faulenzen als eine harte Ziegelmauer anzusehen. Zu diesem Zeitpunkt war der Garten attraktiver als zu jeder anderen Jahreszeit. Die Frühlingssonne hatte den geschorenen Rasen wie einen grünen Teppich verwandelt, die gepflegten Blumenbeete waren bereits voller Frühblüten, die Apfelbaumreihe war eine einzige große Blumenmasse, und der hohe Birnbaum in der Ecke war gerade erst am Anfang verlor seine zarten weißen Blätter und verstreute sie zierlich über das Gras, wo sie wie eine Schar winziger Schmetterlinge umherflatterten.

Die altmodische Veranda, die von der Seite des Hauses in den Garten führte, war mit einer wilden Weinrebe bedeckt, die bis zu den spitzen holländischen Giebeln emporkletterte, über die schmalen Fenster herabhing und sich ebenso frei und wild windete und verwickelte üppig, wie es in seinem heimischen Wald hätte geschehen können.

Sarah beobachtete den Gärtner, wie er nüchtern seinen verschiedenen Pflichten nachging, und sie beneidete ihn um das Privileg, nach Belieben über die Kieswege zu wandern, unter den Bäumen stehen zu bleiben und sich über die Blumenbeete zu beugen.

Vielleicht wäre dieser Garten heutzutage, wo nichts als duftende Japonicas und seltene ausländische Pflanzen als erträglich gelten, eine recht gewöhnliche Angelegenheit, in der sich kein gut ausgebildetes Internatsfräulein dazu herablassen würde, auch nur einen Augenblick nachzuschauen; Aber für Sarah Jones war es ein perfektes kleines Paradies.

Die Fliederbüsche nickten im Wind und schüttelten ihre violetten und weißen Federn wie Gruppen diensthabender Soldaten; Große Mengen Schneebälle standen in der Mitte der Beete; Pfingstrosen, Veilchen, Maiglöckchen, Tulpen, Syringas und eine Menge anderer lieber, altmodischer Blumen säumten die Wege ; und insgesamt war der Garten so schön, dass er die Bewunderung des armen Mädchens rechtfertigte. Da stand sie und hatte ihre Pflichten völlig vergessen; die Uhr im Flur schlug ihren Warnton – sie hörte ihn nicht einmal; Inmitten ihres Müßiggangs und Ungehorsams konnte jeden Augenblick jemand hereinkommen und sie überraschen – daran dachte sie nicht ein einziges Mal, so eifrig war sie damit beschäftigt, alles im Garten zu beobachten.

Der Mann beendete seine Morgenarbeit und ging weg, aber Sarah rührte sich nicht. Ein Rotkehlchenpaar war in den hohen Birnbaum geflogen und unterhielt sich angeregt, unterbrochen von lautem und lautem Gesang. Sie flogen von einem Baum zum anderen, schwebten einmal in der Nähe der Weinrebe, kehrten aber schließlich zum Birnbaum zurück, sangen, zwitscherten und tanzten in wilder Freude umher und machten schließlich deutlich, dass sie vorhatten, ein Nest zu bauen in diesem Baum. Sarah hätte vor Freude in die Hände klatschen können! Es befand sich direkt unter ihrem Fenster – sie konnte sie ständig beobachten, ob sie nun lernte oder nicht. Bei dem Gedanken, dass Madame Monot wäre über alle Maßen schockiert gewesen, als sie gesehen hätte, dass einer ihrer Schüler sich einer solchen Torheit schuldig gemacht hatte.

Die Uhr schlug erneut – dieses Mal so scharf und tadelnd, dass es sogar Sarahs Ohr erreichte. Sie zuckte zusammen, blickte sich nervös um und sah den Stapel Bücher auf dem Tisch.

„Oh, mein Gott", seufzte sie; „Diese ermüdenden Lektionen! Ich hatte sie ganz vergessen. Nun, ich werde gleich mit dem Lernen beginnen", fügte sie hinzu, als wollte sie ihr Gewissen oder ihre Ängste ansprechen. „Oh, dieses Rotkehlchen – wie er singt."

Sie vergaß wieder ihre Bücher, und in diesem Moment kam zu den bereits vorhandenen Objekten im Garten ein neues interessantes Objekt hinzu.

Die Seitentür des Hauses öffnete sich, und ein alter Herr trat auf die breite Veranda hinaus, blieb einige Augenblicke stehen und genoss offenbar die Morgenluft, dann ging er langsam die Stufen hinunter in den Garten, gestützt auf seinen dicken Stock, und ging weiter mit großer Sorgfalt und Mühe, wie jeder schwache alte Mann.

Sarah hatte ihn schon oft gesehen und wusste sehr gut, wer er war. Er war der Besitzer des Hauses, das das einfache Mädchen so begehrte, und sein Name war Danforth.

alles über ihn erfahren , wie es ein Schulmädchen mit Sicherheit über jede Person oder Sache tun würde, die ihr in den Sinn kommt. Er war in der Tat sehr wohlhabend und hatte keine Familie außer seiner Frau, der saubersten, liebenswerten alten Dame, die oft selbst im Garten spazieren ging und beim Vorbeigehen immer die Blumen berührte, als wären sie Lieblingskinder.

Das ehrwürdige alte Paar hatte einen Enkel, aber er war in Europa unterwegs, und so lebten sie ganz allein in ihrem hübschen Herrenhaus, mit Ausnahme einiger Diener, die fast so alt und respektabel aussahen wie ihr Herr und ihre Geliebte.

Sarah hatte viel über ihre Nachbarn spekuliert. Sie brauchte so viel Zeit, um sie kennenzulernen, um in ihrem Garten herumlaufen zu können und in den hübschen Zimmern zu sitzen, von denen aus man den Garten überblicken konnte, auf die sie oft einen Blick durch die offenen Fenster geworfen hatte, wenn das Hausmädchen damit beschäftigt war, Dinge in Ordnung zu bringen.

Sarah dachte, dass sie möglicherweise ein wenig Angst vor dem alten Herrn hätte, so streng sah er aus; aber seine Frau wollte sie sofort küssen und sich mit ihr anfreunden; Sie sah so sanft und freundlich aus, dass selbst ein Vogel keine Angst vor ihr hätte haben können.

Sarah sah zu, wie Mr. Danforth langsam den Hauptgartenweg hinunterging und sich in eine kleine Laube setzte, die von einem Trompetengeißblatt überwuchert war, das noch nicht blühte, obwohl unter den grünen Blättern schwache Spuren von Rot zu sehen waren, die darauf schließen ließen schon nach vielen Wochen ein üppiger Blütenvorrat.

Er saß einige Zeit dort und genoss offenbar den Sonnenschein, der durch die Blätter hereindrang. Schließlich sah Sarah, wie er aufstand, sich auf den Eingang zubewegte, einen Moment innehielt, schwankte und dann schwer auf den Boden fiel.

Sie wartete nicht einmal mit dem Aufschrei – jede Energie ihrer freien, starken Natur war geweckt. Sie flog aus ihrem Zimmer die Treppe hinunter, begegnete glücklicherweise weder Lehrern noch Schülern und eilte zur Straßentür hinaus.

Der Garten war von Madame Monots schmalem Hof durch eine niedrige Steinmauer getrennt, an deren Spitze ein Lattenzaun verlief. Sarah sah eine Trittleiter, die ein Diener beim Fensterputzen benutzt hatte; Sie ergriff es, zog es an die Wand und sprang leichtfüßig von dort in den Garten.

Es kam ihr so vor, als würde sie nie die Stelle erreichen, wo der arme Herr lag, obwohl in Wahrheit kaum drei Minuten vergangen waren, seit sie ihn fallen sah und die Stelle erreichte, wo er lag.

Sarah beugte sich über ihn, hob den Kopf und wusste sofort, was los war – er hatte einen Schlaganfall erlitten. Sie hatte gesehen, wie ihr Großvater damit gestorben war, und erkannte sofort die Symptome. Es war sinnlos, daran zu denken, ihn zu tragen, also lockerte sie sein Halstuch, hob seinen Kopf auf den Laubenstuhl und stürmte zum Haus, wobei sie mit aller Kraft den Namen rief, mit dem sie den Gärtner schon oft gehört hatte, wie er den schwarzen Koch anredete. „Eunice! Eunice!"

Auf ihren verzweifelten Ruf hin stürmte die alte Frau aus der Küche, gefolgt von mehreren ihrer Gefährten, die alle gleichzeitig schrien, um zu wissen, was los sei, und wild vor Erstaunen, als sie einen Fremden im Garten sah.

"Schnell schnell!" rief Sarah. „Dein Herr hat einen Anfall bekommen; komm und trage ihn ins Haus. Einer von euch rennt und holt einen Arzt."

„Oh, de Gesetze! Oh, mein Gott! Oh, mein Gott!" hallte von allen Seiten wider; Aber Sarah dirigierte sie mit so viel Energie, dass die Frauen, unterstützt von einem alten Neger, der durch die Unruhe aufgeschreckt worden war, ihren Herrn ins Haus trugen und ihn auf ein Bett in einem der unteren Zimmer legten.

„Wo ist deine Herrin?" fragte Sarah.

„Oh, sie hat keinen Wein mehr", schluchzte der Koch; „Oh, mein armer alter Massar , mein armer alter Massar !"

„Haben Sie nach dem Arzt geschickt?"

ja ; er wird in wenigen Minuten hier sein Du dummes Gesicht.

Sarah beschäftigte sich mit dem gefühllosen Mann, wendete jedes Mittel an, das ihre Mutter ihr in Erinnerung hatte, als ihr Großvater krank war, und tat genau das, was sie hätte tun sollen.

Es dauerte nicht lange, bis der Arzt eintraf, seinen Patienten reichlich ausbluten ließ, Sarahs Geistesgegenwart lobte und sehr bald kam der alte Herr wieder zu Bewusstsein.

Sarah hörte einen der Diener ausrufen: „Oh, Dar's Missus! Lobe den Herrn!"

Ein plötzliches Gefühl der Schüchternheit erfasste das Mädchen, und sie stahl sich aus dem Zimmer und ging in den Garten, entschlossen, ungesehen zu entkommen. Doch bevor sie die Laube erreichte , hörte sie einen der Diener ihr nachrufen.

„Junges Fräulein! Junges Fräulein! Bitte warten Sie; die alte Frau möchte mit Ihnen sprechen."

Sarah drehte sich um und ging auf das Haus zu, bereit, vor Schüchternheit und Aufregung in Tränen auszubrechen. Doch die Dame, nach deren Bekanntschaft sie sich so sehr gesehnt hatte, kam die Stufen herunter, kam auf sie zu und streckte ihr die Hand entgegen. Sie war sehr blass und zitterte von Kopf bis Fuß; aber sie sprach mit einer gewissen Ruhe, die sie offensichtlich auch unter den schwierigsten Umständen bewahren würde.

„Ich kann Ihnen nicht danken", sagte sie; „Wenn du nicht gewesen wärst, hätte ich meinen Mann nie wieder lebend gesehen."

Sarah begann zu schluchzen, die alte Dame streckte ihre Arme aus und das verängstigte Mädchen fiel tatsächlich in sie hinein. Dort standen sie einige Augenblicke lang weinend in der Umarmung des anderen, und gerade durch diese Tränen entstand eine engere Intimität, als es jahrelanger gemeinsamer Verkehr möglich gewesen wäre.

„Wie konntest du ihn fallen sehen?" fragte die alte Dame.

„Ich habe aus meinem Fenster geschaut", antwortete Sarah und zeigte auf ihren offenen Fensterflügel, „und als ich es sah , rannte ich sofort hin."

„Sie sind also eine Schülerin von Madame Monot ?"

„Ja – und, oh mein Gott, ich muss zurück! Sie werden mich furchtbar ausschimpfen, weil ich so lange weg war."

„Haben Sie keine Angst", sagte Mrs. Danforth und hielt ihre Hand fest, als sie versuchte, sich loszureißen. „Ich werde mich bei Madame entschuldigen; kommen Sie ins Haus. Ich kann Sie noch nicht gehen lassen."

Sie führte Sarah ins Haus und setzte sie in einen Sessel im altmodischen Wohnzimmer.

„Warten Sie hier bitte ein paar Minuten, meine Liebe. Ich muss zu meinem Mann."

Sie ging weg und ließ Sarah völlig verwirrt über die Seltsamkeit der ganzen Angelegenheit zurück. Hier saß sie tatsächlich genau in der Wohnung, in die sie so gerne eingetreten war – die alte Dame, die sie so gern kennengelernt hatte, redete sie an, als sei sie ihr Lieblingskind.

Sie spähte aus dem Fenster in Richtung ihres letzten Gefängnisses; Dort sah es wie immer ruhig aus. Sie fragte sich, welche schreckliche Buße sie auf sich nehmen müsste, und kam zu dem Schluss, dass selbst Brot und Wasser für zwei Tage keine so große Belastung darstellen würden, als sie über den Vorfall des Morgens nachdenken musste.

Sie blickte sich in dem Zimmer mit seinen urigen Möbeln um, alles so aufgeräumt und elegant, dass es aussah, als hätte sich nie ein Staubkörnchen in der Wohnung niedergelassen, und dass es der schönste Ort war, den sie in ihrem Leben gesehen hatte.

Dann begann sie an den armen kranken Mann zu denken und steigerte sich in fieberhafte Angst, als sie Nachrichten über ihn hörte. In diesem Moment kam ein Diener mit einem Tablett mit Erfrischungen herein, stellte es neben sich auf den Tisch und sagte:

„Bitte, Fräulein, meine Frau sagt, Sie müssen hungrig sein, denn es ist Zeit für Ihr Abendessen.“

„Und wie geht es deinem Meister?“ Fragte Sarah.

„ Bery fühlt sich jetzt wohl; Missee wird in einer Minute hier sein. Jetzt bitte, Sumfin zu essen .“

Sarah war keineswegs abgeneigt, der Einladung nachzukommen, denn die alte Köchin hatte das Tablett mit allerlei Köstlichkeiten beladen, die einen angenehmen Kontrast zu der einfachen Kost bildeten, die sie in letzter Zeit gewohnt war.

Als sie ihre Mahlzeit beendet hatte, kam Mrs. Danforth zurück und sah gelassener und erleichtert aus.

„Der Arzt ermutigt mich sehr“, sagte sie; „Mein Mann kann sprechen; morgen wird er Ihnen besser danken als ich.“

„Oh nein“, stammelte Sarah; „Ich möchte bitte keinen Dank. Ich dachte nicht – ich –“

Sie brach fast zusammen, aber Mrs. Danforth tätschelte ihre Hand und sagte freundlich:

„Ich verstehe. Aber zumindest musst du mir erlauben, dich sehr zu lieben.“

Sarah spürte, wie ihr Herz flatterte und ihre Wangen glühten. Die Röte und das Lächeln auf diesem jungen Gesicht waren eine passendere Antwort, als Worte es hätten geben können.

Monot eine Erklärung über Ihre Abwesenheit geschickt “, fuhr Mrs. Danforth fort, „und sie hat Ihnen die Erlaubnis gegeben, den Tag mit mir zu verbringen; Sie brauchen also keine Angst davor zu haben, beschuldigt zu werden.“

Der Gedanke an einen ganzen Tag Freiheit war für Sarah überaus angenehm, besonders wenn er ihn in dem alten Haus verbringen sollte, das ihr immer so interessant vorgekommen war wie eine Geschichte. Es dauerte nur kurze Zeit, bis Mrs. Danforth und sie sich gut kennengelernt hatten, und die alte Dame war von ihrer Lieblichkeit und ihrem natürlichen, anmutigen Benehmen entzückt.

Sie bestand darauf, Mrs. Danforth ins Krankenzimmer zu begleiten, und machte sich dort so nützlich, dass die liebe Dame sich im Geiste fragte, wie sie jemals ohne sie zurechtgekommen war.

Als Sarah an diesem Abend nach Hause zurückkehrte, verspürte sie das Gefühl der Erleichterung, das jeder erlebt haben muss, der monatelang ein eintöniges Leben geführt hat, wenn ein plötzliches Ereignis seinen gesamten Lauf verändert und Dingen, die zuvor erschienen sind, eine neue Farbe verleiht zahm und unbedeutend.

In den folgenden Tagen besuchte Sarah häufig Mr. Danforths Haus, und danach traten Umstände ein, die sie zu einer noch innigeren Freundschaft mit ihrer neuen Freundin führten.

Eine der Hausangestellten von Madame Monot erkrankte an Typhus, und die meisten jungen Damen verließen die Schule für einige Wochen. Mrs. Danforth bestand darauf, dass Sarah während der Pause in ihrem Haus wohnte, eine Einladung, die sie mit größter Freude annahm.

Herr Danforth blieb immer noch – er konnte sprechen und sich bewegen –, aber die positiven Symptome, die sich zunächst zeigten, waren vollständig verschwunden, und es bestand kaum Hoffnung, dass er mehr tun konnte, als noch ein oder zwei Monate länger zu bleiben. Während dieser schmerzhaften Zeit fand Frau Danforth in Sarah eine mitfühlende und tröstende Freundin. Der Kranke selbst fühlte sich sehr an sie gebunden und konnte es nicht ertragen, dass sie sein Zimmer überhaupt verließ.

Das junge Mädchen war sehr glücklich, sich so geschätzt und geliebt zu fühlen, und die kurzen Wochen, die sie in diesem alten Haus verbrachte, gehörten vielleicht zu den glücklichsten ihres Lebens, trotz der traurigen Assoziationen, die sie umgaben.

Eines Morgens, als sie bei dem alten Herrn saß, der so sanft und abhängig geworden war, dass diejenigen, die ihn in früheren Jahren gekannt hatten, ihn kaum wiedererkannt hätten, betrat Mrs. Danforth das Zimmer und trug mehrere Briefe in der Hand.

„Europäische Briefe, meine Liebe“, sagte sie zu ihrem Mann, und während sie ihre Brille aufsetzte und sich hinsetzte, um sie zu lesen, schlich Sarah in den Garten.

Sie war noch nicht lange dort und genoss die frische Schönheit des Tages, als sie hörte, wie Mrs. Danforth sie rief.

„Sarah, meine Liebe; Sarah.“

Das Mädchen ging zurück zur Tür, wo die alte Dame stand.

„Teilen Sie mir inmitten all unserer Schwierigkeiten eine kleine gute Nachricht mit“, sagte sie; „Mein lieber Junge – mein Enkel – kommt nach Hause.“

Sarahs erster Gedanke war Bedauern – alles würde sich durch die Ankunft eines Fremden völlig verändern; aber das war nur ein vorübergehender Anflug von Selbstsucht; Ihr nächster Gedanke war voller Freude über das Wohl des alten Paares.

„Ich freue mich sehr, liebe Madame; sein Kommen wird seinem Großvater so viel Gutes tun.“

„Ja, in der Tat; mehr als alle Ärzte der Welt.“

„Wann erwarten Sie ihn?“

„Jeden Tag, er sollte ein paar Tage nach dem Schiff abfahren, das diese Briefe brachte, und da dieses Schiff durch einen Unfall festgehalten wurde, kann er nicht weit weg sein.“

„Ich muss heute wieder zur Schule gehen“, sagte Sarah bedauernd.

„Aber Sie werden fast genauso lange bei uns sein“, antwortete Frau Danforth. „Ich habe die Erlaubnis deiner Mutter und werde selbst gehen, um mit Madame zu sprechen. Du wirst jeden Tag zu deinen Unterrichtsstunden rüberlaufen, aber du wirst hier leben; wir können unser Haustier nicht so schnell verlieren.“

„Du bist sehr nett – oh, so nett“, sagte Sarah, ganz strahlend bei dem Gedanken, nicht länger in dem dunklen alten Schulgebäude eingesperrt zu sein.

„Sie sind es, die gut zu uns sind. Aber kommen Sie, wir gehen jetzt rüber; ich muss es Madame Monot sofort sagen.“

Die Erklärungen wurden ordnungsgemäß abgegeben und Sarah kehrte zu ihrem alten Unterrichtsablauf zurück; aber ihr Arbeitszimmer war jetzt der Garten oder jeder andere Ort in Mr. Danforths Haus, den sie sich vorstellte.

Dem alten Herrn ging es wieder besser; Kann nach draußen in die Sonne gerollt werden; und nichts gefiel ihm so sehr, wie im Garten zu sitzen, seine Frau beim Stricken an seiner Seite, Sarah zu seinen Füßen studierend und die Rotkehlchen, die in den Birnbäumen über ihm sangen, als fänden sie es als heilige Pflicht, ihre Miete zu bezahlen morgendliche Fortschritte der Melodie.

KAPITEL XI.

Ein Willkommen auf dem Gehöft –
Die Giebel und die Bäume;
Und willkommen in den wahren Herzen,
wie der Sonnenschein und die Brise.

An einem hellen Morgen, mehrere Wochen nach Mr. Danforths Angriff, saßen die drei in ihrer Lieblingsecke im Garten.

Es war ein Urlaub mit Sarah; es gab keine Lektionen zum Lernen; keine Übungen zum Üben; Keine Pflicht war lästiger als die, dem alten Herrn, der ihre frische, fröhliche Stimme besonders schätzte, die Zeitung vorzulesen.

Mrs. Danforth war mit Stricken beschäftigt, und Sarah saß zu ihren Füßen auf einem niedrigen Hocker und sah so sehr wie eine junge Lieblingsverwandte aus, dass es kein Wunder war, wenn das alte Paar vergaß, dass sie nur durch die Bande der Zuneigung mit ihnen verbunden war , und betrachteten sie in Wirklichkeit als ebenso einen Teil ihrer Familie, wie sie sie in ihren Herzen betrachteten.

Während sie dort saßen, erregte ein plötzliches Geräusch Mrs. Danforths Aufmerksamkeit; Sie stand auf und ging so leise ins Haus, dass die anderen kaum bemerkten, dass sie ging.

Es dauerte nicht lange, bis sie wieder herauskam, sehr hastig und mit einem so zitternden Flattern in ihrem Benehmen, dass Sarah sie überrascht ansah.

"Wilhelm!" Sie sagte zu ihrem Mann: „William!“

Er erwachte aus dem Halbschlaf, in den er gefallen war, und blickte auf.

„Hast du mit mir gesprochen?“ er hat gefragt.

„Ich habe gute Nachrichten für Sie. Seien Sie nicht aufgeregt – es ist alles angenehm.“

Er erhob sich von seinem Sitz und stützte seine zitternden Hände auf seinen Stab.

„Mein Junge ist gekommen!“ er schrie lauter und deutlicher, als er seit Wochen gesprochen hatte; „William, mein Junge!“

Auf den Ruf hin kam ein junger Mann aus dem Haus und rannte auf sie zu. Der alte Herr warf ihm die Arme um den Hals und drückte ihn dicht an sein Herz.

"Mein Junge!" war alles, was er sagen konnte; „mein William!“

Als sie alle etwas ruhiger geworden waren, rief Mrs. Danforth Sarah an, die in einiger Entfernung stand.

„Ich möchte, dass Sie diese junge Dame kennen und ihr danken, William", sagte sie; „Dein Großvater und ich haben ihr viel zu verdanken."

Sie erzählte ihm kurz vom Sturz des alten Herrn und von Sarahs Geistesgegenwart; aber die roten Wangen des Mädchens warnten sie, innezuhalten.

„Eine solche Freundlichkeit kann man mit Worten nicht vergelten", sagte der junge Mann, als er ihre Hand losließ, über der er sich mit dem feierlichen Respekt der damaligen Zeit gebeugt hatte.

„Ich habe deinen Großeltern viel zu verdanken", antwortete Sarah ein wenig zitternd, versuchte aber, die Schüchternheit abzuschütteln, die sie unter seinen dunklen Augen spürte. „Ich war eine normale Gefangene wie jedes andere Schulmädchen, und sie hatten die Güte, die Tür zu öffnen und mich rauszulassen."

„Dann hat die zappelige alte Madame Monot Ihnen das Sagen gegeben?" sagte der junge Danforth lachend; „Ich kann gut verstehen, dass es eine Erleichterung sein muss, gelegentlich dorthin zu gelangen, wo man nicht gezwungen ist, nach Regeln zu warten und nachzudenken."

"Dort Dort!" sagte die alte Dame; „William ermutigt schon jetzt zur Insubordination; du wirst ein schlechter Ratgeber für Sarah sein."

Sowohl sie als auch ihr Mann zeigten höchste Zufriedenheit über das offene und herzliche Gespräch, das zwischen dem jungen Paar geführt wurde; und nach einer Stunde fühlte sich Sarah so wohl, als hätte sie in ihren heimischen Wäldern wilde Blumen gesammelt.

Danforth erzählte ihnen lange und amüsante Berichte über seine Abenteuer, sprach natürlich und gut über die Länder, die er besucht hatte, die bemerkenswerten Orte, die er gesehen hatte, und hatte nie zuvor drei aufmerksamere Zuhörer.

Das war ein herrlicher Tag für Sarah; und da William Danforth auf seinen Auslandswanderungen die Frische und den Enthusiasmus, der in seiner Jugend angenehm war, nicht verloren hatte, war es auch für ihn voller Freude.

Es lag etwas so Unschuldiges in Sarahs Lieblichkeit – etwas so Ungelerntes in ihrer anmutigen Art, dass gerade der Kontrast, den sie zu den künstlichen Frauen der Welt darstellte, mit denen er in letzter Zeit vertraut gewesen war, ihr in den Augen der Jugend einen zusätzlichen Reiz verlieh Mann.

Während sie redeten, warf Mrs. Danforth oft einen besorgten Blick auf ihren Mann. aber sein Lächeln beruhigte sie, und über ihr blasses Gesicht stahl sich von innen ein Licht, das von einer angenehmen Vision erzählte, die die Winterzeit ihres Herzens erhellt und es mit einem reflektierten Licht erleuchtet hatte, das fast so schön war wie das, das es durchflutet hatte Es ist Frühling, als sie von ihrer eigenen Zukunft träumte und der alte, heruntergekommene Mann an ihrer Seite ein tapferer Jüngling war, edel und mutig wie der Junge, in dem ihre Vergangenheit noch einmal zu leben schien.

„Wenn Madame Monot mich zufällig sieht , wird sie schockiert sein", sagte Sarah lachend. „Sie erzählte mir, dass sie hoffte, ich würde meinen Urlaub verbessern, indem ich einige französische Predigten lese, die sie mir hielt."

„Und hast du sie dir angeschaut?" fragte Danforth.

„Ich fürchte, sie sind verloren", antwortete sie schelmisch.

„Nicht sehr zu Ihrem Ärger, glaube ich? Ich glaube, wenn ich gezwungen gewesen wäre, Französisch aus altmodischen Predigten zu lernen, hätte es lange gedauert, bis ich mir die Sprache angeeignet hätte."

„Ich halte nicht viel von französischen Predigten", bemerkte Frau Danforth mit einem zweifelnden Kopfschütteln.

„Noch von den Leuten", fügte ihr Mann hinzu; „Du hast sie nie gemocht, Therese."

Sie nickte zustimmend und der junge Danforth sprach Sarah in Madame Monots viel gepriesener Sprache an. Sie antwortete ihm zögernd, und sie unterhielten sich ein wenig, er lachte gutmütig über ihre Fehler und half ihr, sie zu korrigieren, ein Vorgang, der dem alten Paar genauso viel Freude bereitete wie dem jungen Paar, so dass eine große Menge stiller Belustigung entstand aus der Affäre.

Sie verbrachten den ganzen Morgen im Garten, und als Sarah eine Zeit lang in ihr Zimmer ging, um mit der neuen Gedankenwelt, die sich ihr aufgetan hatte, allein zu sein, kam es ihr vor, als hätte sie William Danforth ihr halbes Leben lang gekannt. Sie versuchte nicht, ihre Gefühle zu analysieren; aber sie waren sehr angenehm und erfüllten ihre Seele mit einer köstlichen Unruhe, wie Schwalle der Qual, die aus dem Herzen eines Singvogels strömen. Vielleicht unternahm Danforth genauso wenig wie sie den Versuch, die Gefühle zu verstehen, die in ihm geweckt worden waren; aber sie waren beide sehr glücklich und sorglos, wie die Jungen sicherlich sein werden, und so gingen sie weiter in Richtung des schönen Traums, der jedes Leben erhellt und der sich in naher Zukunft vor ihnen ausbreitete.

Und so vergingen die Monate und dieses hübsche alte holländische Haus wurde von Tag zu Tag mehr und mehr zu einem Paradies. Sarahs Schuljahr wurde um ein weiteres Viertel verlängert. Sie sah, wie die Früchte aus ihren Blüten anwuchsen, bis ihre goldene und sanfte Reife den Garten mit Duft erfüllte. Dann sah sie, wie die Blätter von den Bäumen fielen und dem Frost tausend wunderschöne Farben annahmen. Dennoch war der alte Garten ein Paradies. Sie sah, wie diese Blätter klar und düster wurden, mit traurigen Seufzern raschelten und sich schaudernd dem kalten Wind hingaben. Dennoch war der Garten ein Paradies. Sie sah, wie der Schnee weiß und kalt über den Rasen und den Kiesweg fiel und die immergrünen Pflanzen und zarten Sträucher niederbeugte, während lange, helle Eiszapfen an den Giebeln hingen oder auf dem Boden darunter in Stücke zerbrachen. Dennoch war der Garten ein Paradies; Denn die Liebe hat keine Zeit, und Trostlosigkeit ist dort, wo sie existiert, unbekannt, auch wenn man ihre heilige Gegenwart nicht vermutet. Lange bevor die versprochene Frist kam, war Madame Monots Behauptung, ihre Schülerin müsse vollkommen sein, nicht falsch; denn ein hübscheres und anmutigeres junges Geschöpf als Sarah Jones könnte nicht existieren. Wie es gewesen wäre, wenn sie für ihren Unterricht völlig auf die Schullehrer angewiesen gewesen wäre, kann ich nicht sagen; Aber die angenehmen Studien, die in diesem alten Sommerhaus so behutsam gefördert wurden, während die alten Leute außer Hörweite saßen – wie es nette alte Leute bei solchen Gelegenheiten tun sollten – waren effektiv genug, um ein halbes Dutzend Schulen zu bauen, wenn … der Fortschritt eines Schülers würde ausreichen.

In solchen Momenten schaute die alte Mrs. Danforth sanft von ihrer Arbeit auf und bemerkte unschuldig zu ihrem Mann: „Es war wirklich schön zu sehen, wie sehr Sarah ihren Unterricht akzeptierte und wie freundlich William zu Hause blieb, um ihr zu helfen." „Wirklich", dachte sie, „das Reisen ins Ausland hat die Stimmung eines Menschen wunderbar verbessert. Es verleiht einem jungen Mann so viel Charakterfestigkeit. Da war jetzt William, der so gern Aufregung liebte und sich noch nie zuvor dazu überreden ließ, zu Hause zu bleiben.", er konnte jetzt kaum noch über die Schwelle gefahren werden."

Der alte Mann hörte diesen Bemerkungen mit aufmerksamem Blick zu; Er fragte sich, was der Grund für diese Veränderung bei seinem Enkel sei, und die Antwort brachte ein grimmiges Lächeln auf seine Lippen. Das schöne Mädchen, das nun fast zu seinem Haushalt gehörte, war ihm so beliebt geworden, dass er den Gedanken nicht ertragen konnte, sich noch einmal von ihr zu trennen, und den Gedanken, dass die Linie seines Namens und Besitzes sie vielleicht noch dazu bewegen könnte Die Beziehung zu dem alten Mann war noch enger geworden und hatte sich fast zu einer Leidenschaft entwickelt.

Dieser Zustand hielt nur wenige Monate an. Bevor die Blätter fielen, vollzog sich bei Herrn Danforth eine Veränderung. Er war eine Zeit lang lustloser und bedrückter als sonst und schien in der Ferne nach einem Gedanken zu suchen, der ihn beunruhigt hatte. Eines Tages begann er ohne Vorwarnung mit seiner Frau über Williams Vater zu sprechen und erwähnte zum ersten Mal seit Jahren seine unglückliche Ehe.

„Ich habe manchmal gedacht", sagte die Dame und beugte sich über ihre Arbeit, um die Emotionen zu verbergen, die ihr Gesicht bewegten, „manchmal habe ich gedacht, dass wir unserem Enkel das alles schon vor Jahren hätten erzählen sollen."

Die Hand des alten Mannes begann auf der Spitze seines Gehstocks zu zittern. Sein Blick wurde unruhig und er brauchte lange, um zu antworten.

„Jetzt ist es zu spät – wir müssen das Geheimnis mit uns sterben lassen. Es würde ihn für immer zermalmen. Ich war damals ein stolzer Mann", sagte er schließlich; „stolz und stur. Gott hat mich deshalb geschlagen, denke ich manchmal. Der Gedanke an diese arme Frau, deren Kind ich weggenommen habe, beunruhigt mich nachts. Sag mir Therese, wenn du etwas über sie weißt. Der Tag meiner Krankheit Ich ging zu der Lodge in Weehawken, wo sie zuletzt gesehen wurde, in der Hoffnung, sie zu finden, und betete um Zeit, um Sühne zu leisten; aber die Lodge lag in Trümmern – niemand konnte gefunden werden, der sich überhaupt an sie erinnerte. Es hatte mich große Mühe gekostet, sie zu finden geh, und als die Enttäuschung kam, fiel ich darunter. Sag mir, Therese, ob du etwas von Malaeska gehört hast ?"

Die gute Dame schwieg; aber sie wurde blass, und das Werk zitterte in ihren Händen.

„Du wirst nicht sprechen?" sagte der alte Mann scharf.

„Ja", sagte die Frau, während sie sanft ihre Arbeit niederlegte und ihre mitfühlenden Augen zu dem scharfen Gesicht hob, das sich zu ihr beugte, „ich habe von einigen Indianern, die zu den Pelzstationen flussaufwärts kamen, gehört, dass und – das Malaeska kehrte zu ihrem Stamm zurück.

„Da ist noch etwas", fragte der alte Mann – „etwas, das man zurückhält."

Die arme Frau versuchte, den Kopf zu schütteln, konnte sich aber nicht einmal durch eine Bewegung zu einer Unwahrheit zwingen. Also ließ sie beide Hände in ihren Schoß fallen, wich vor seinem Blick zurück und die Tränen begannen über ihre Wangen zu rollen.

"Sprechen!" sagte der alte Mann heiser.

Sie antwortete mit leiser und heiserer Stimme wie seine eigene: „ Malaeska ging zu ihrem Stamm; aber sie haben grausame Gesetze, und da sie sie für eine Verräterin hielten, indem sie uns ihren Sohn gaben, schickten sie sie mit einem Auserwählten in den Wald." um sie zu töten.

Der alte Mann sagte kein Wort, aber seine Augen öffneten sich wild und er fiel nach vorne auf sein Gesicht.

William und Sarah kokettierten mit ihren Lektionen unter dem alten Birnbaum zwischen den französischen Phrasen; Er hatte etwas Süßeres geflüstert, als Worte jemals zuvor in irgendeiner Sprache für sie klangen, und ihre Wangen waren rosarot, als sein Atem darüber schwebte.

„Sag mir – sieh mich an – irgendetwas, um zu sagen, dass du das die ganze Zeit gewusst hast", sagte er und richtete seine blitzenden Augen mit einem Blick auf ihr Gesicht, der sie zittern ließ.

Sie versuchte aufzuschauen, scheiterte jedoch. Wie eine Rose, die den Sonnenschein zu warm empfindet, sank sie unter dem Glanz ihrer eigenen Röte herab.

„Sprich doch", flehte er.

„Ja", antwortete sie und hob ihr Gesicht mit bescheidener Entschlossenheit zu seinem. „Ja, ich liebe dich."

Als die Worte ihre Lippen verließen, ließ ein Schrei sie beide aufschrecken.

„Es ist die Stimme der Großmutter; er ist wieder krank", sagte der junge Mann.

Sie entfernten sich, geschockt von einem plötzlichen Gefühlsrückgang. Einen Moment später sahen sie den alten Mann, der ausgestreckt auf der Erde lag. Seine Frau beugte sich über ihn und versuchte mit ihren verdorrten Händchen sein Kleid zu lockern.

„Oh, komm", flehte sie mit einem Blick hilfloser Verzweiflung; „Hilf mir, das aufzubinden, sonst wird er nie wieder atmen."

Es war alles nutzlos; Der alte Mann atmete nie wieder. Ein einziger Schlag hatte ihn niedergeschlagen. Sie trugen ihn ins Haus, aber das bleierne Gewicht seines Körpers, die schlaffen Gliedmaßen offenbarten die traurige Wahrheit zu deutlich. Es war der Tod – ein plötzlicher und schrecklicher Tod.

Wenn es auf Erden ein Objekt gibt, das dazu bestimmt ist, die größte Sympathie der Menschheit hervorzurufen, dann ist es eine „alte Witwe" – eine Frau, die den Frühling, die Mittagszeit und den Herbst des Lebens bis zum Winteranfang mit einem Mann verbracht hat. die erste Liebe ihrer

Jugend, die letzte Liebe ihres Alters – der Frühling, wenn Liebe ein leidenschaftliches Gefühl ist, der Winter, wenn es August ist.

Im Alter wehren sich Männer oder Frauen selten gegen Ärger – er kommt und sie beugen sich ihm. So war es auch mit dieser Witwe: Sie äußerte keine Klagen, gab keinem wilden Ausbruch von Trauer nach – „sie war einsam – sehr einsam ohne ihn", das war ihr einziges Stöhnen; Doch die rabenschwarzen Fäden, die im Schnee ihrer Haare lagen, verschwanden im allgemeinen Weiß, bevor die Beerdigung zu Ende war, und danach begann sie sich ein wenig zu beugen und stützte sich auf seinen Stab. Es war traurig zu sehen, wie liebevoll sich ihre faltigen Hände um den Kopf legten und wie sie ihr zartes Kinn darauf legte, genau wie er es getan hatte.

Aber selbst sein Stab, die starke Stütze seiner schwindenden Männlichkeit, war nicht stark genug, um diese sanfte alte Frau vor dem Grab zu bewahren. Sie trug es bis zuletzt, aber eines Tages stand es ungenutzt neben dem Bett, das weiß und kalt war wie die Schneewehe, durch die sie sich viele Meter weit gegraben hatten, bevor sie sie an die Seite ihres Mannes legen konnten.

KAPITEL XII.

Lege Blüten auf den Kaminsims,
wirf Sand auf den Boden,
ein Gast kommt ins Haus,
der noch nie da war.

Sarah Jones war mehrere Monate abwesend gewesen, als im Dorf das Gerücht die Runde machte, die Schülerin habe in Manhattan einen stolzen Sieg errungen. Es hieß, Squire Jones habe Briefe von einem wohlhabenden Kaufmann aus diesem Ort erhalten und sei flussabwärts gegangen, um seine Tochter nach Hause zu geleiten, wo bald eine Hochzeit stattfinden und Sarah Jones zur Dame ernannt werden würde.

Dieser Bericht erhielt einen großen Teil seiner Wahrscheinlichkeit durch das Verhalten von Mrs. Jones. Wenn sie auf der Straße erschien, wurde ihre Miene noch erhabener , und sie warf fortwährend Andeutungen und halbausgesprochene Andeutungen von sich, als sehnte sich ihr Herz danach, sich eines stolzen Geheimnisses zu entledigen, das sie noch nicht offenbaren durfte.

Als Jones tatsächlich nach Manhattan aufbrach und man sich darüber im Flüsterton erzählte, seine Frau habe sich aus dem Laden ein Schnittmuster aus edlem Chintz mitgenommen und jedem der Jungen eine neue Wollmütze gekauft, wurde aus der Vermutung fast Gewissheit; und es wurde kühn behauptet, dass Sarah Jones nach Hause kommen würde, um einen Mann zu heiraten, der so reich ist wie alle anderen draußen, und dass ihre Mutter dadurch anfing, sich über die einfachen Leute zu erheben.

Ungefähr drei Wochen, nachdem dieser Bericht bekannt wurde, demonstrierte Mrs. Jones, deren Bewegungen mit echter Dorfbeobachtung beobachtet wurden, eine gründliche Hausreinigung. Eine alte Frau, die tagsüber zur Arbeit ging, wurde zu Hilfe gerufen, und eines Nachts, nachdem die Truthähne und Hühner zum Schlafen gegangen waren, waren im Scheunenhof Anzeichen einer Schlachtung zu beobachten; All dies hielt die öffentliche Meinung in einem Zustand angenehmer Aufregung. Früh am nächsten Morgen, nach dem Massaker auf dem Scheunenhof, war Mrs. Jones sicherlich eine sehr beschäftigte Frau. Den ganzen Vormittag verbrachte sie damit, weißen Sand auf den schön geschrubbten Boden des Nebenzimmers oder Salons zu streuen, den sie mit einem neuen Schienenbesen sehr geschickt in eine Reihe eckiger Figuren, sogenannte Fischgräten, fegte. Danach füllte sie den Kamin mit Zweigen von Schierlings- und Weymouthskiefern, wickelte einen Kranz aus purpurnem Spargel mit Beeren um den kleinen Spiegel und füllte, auf ein Knie fallend, einen großen Krug auf dem Herd einen Arm voll Wildblumen, die die Jungen ihr aus dem Wald gebracht hatten, als der jüngste Sohn von der Landspitze herbeigeeilt kam, um ihr mitzuteilen, dass gerade eine Schaluppe in Sicht war und mit vollen Segeln den Fluss hinauffuhr.

„Oh mein Gott, ich werde nicht halb bereit sein!" rief die alarmierte Haushälterin, schnappte sich eine Handvoll Wiesenlilien, die so stark mit dunkelroten Flecken gesprenkelt waren, dass die goldenen Glöckchen unter einer Last von Rubinen und kleinen Granatsteinen zu hängen schienen, und drängte sie inmitten der rosigen Gischt in den Krug wilder Geißblattblüten und Zweige blühenden Hartriegels.

„Hier, Ned, gib mir schnell den Besen! Und schlurfe nicht so über den Sand. So, jetzt", fuhr sie fort, sammelte die Blätter- und Blumenfragmente vom Herd auf und blickte hastig im Zimmer umher, „ Ich frage mich, ob noch etwas fehlt?

Selbst ihrem kritischen Blick schien alles in Ordnung zu sein. Der Teetisch stand in einer Ecke, die runde Platte war nach unten geneigt, und auf der polierten Oberfläche spiegelten sich die in den Sand gezeichneten Fischgräten mit der Deutlichkeit eines Spiegels. Die Stühle standen genau an ihrem Platz, und die neuen purpurroten Moränenkissen und der Volant schmückten das Sofa im ganzen Glanz ihres ersten Glanzes. Ja, es war nichts mehr zu tun, dennoch reichte die gute Frau ihre Schürze über den fleckenlosen Tisch und ließ sie über ein oder zwei Stühle streichen, bevor sie hinausging, ganz fest entschlossen, dass kein verirrtes Staubkorn ihr Kind bei der Heimkehr blamieren sollte.

Mrs. Jones schloss die Tür und eilte in das quadratische Schlafzimmer, um sich zu vergewissern, dass auch dort alles in Ordnung war. Eine Flickendecke mit dem Stoff, den alte Damen als „aufgehende Sonne" bezeichnen, strahlte in Rot-, Grün- und Gelbtönen von der Mitte des Bettes bis zu den schneeweißen Volants. Ein Teil des makellosen, selbstgesponnenen Lakens wurde sorgfältig über die Oberkante der Steppdecke geschlagen, und das Ganze wurde von einem Paar Kissen überragt, weiß wie ein Haufen frisch verwehter Schneeflocken. Ein Topf mit Rosen auf dem Fensterbrett warf einen zarten Glanz über die Musselinvorhänge, die zu beiden Seiten der Schärpe hochgezogen waren; und der frische Wind, der durch sie wehte, verbreitete ihren wohlriechenden Atem köstlich durch das kleine Zimmer.

Mrs. Jones warf einen zufriedenen Blick auf, eilte dann in das für ihre Tochter hergerichtete Zimmer und begann, ihre hübsche Person in das Chintzkleid zu kleiden, das im Dorf so viel Aufsehen erregt hatte. Sie hatte gerade ihre Arme in die Ärmel gehüllt, als sich die Tür teilweise öffnete und die alte Frau, die für ein paar Tage als „Gehilfin" angestellt war, ihren Kopf durch die

Öffnung steckte. „Ich sage, Miss Jones, ich kann nichts finden , woran ich das Zeug erkennen könnte."

„Meine Güte! Ist der Truthahn noch nicht im Ofen? Ich glaube, wenn ich in hundert Stücke geschnitten werden könnte, würde das nicht für dieses Haus reichen. Warum kommst du zu mir? – nicht Weißt du genug, um ohne meine Hilfe eine kleine Füllung zu machen?"

Sausengern gesucht und kann keine finden, nirgends . "

„Würstchen? Warum, Mrs. Bates, glauben Sie nicht, dass ich zulassen würde, dass dieser schöne Truthahn mit Würstchen gefüllt wird?"

„Ich weiß nichts darüber, aber ich sage Ihnen genau, was es ist, Miss Jones, wenn Sie so sehr auf Ihre Lebensmittel achten , nur weil Ihr Darter mit einem reichen Freund nach Hause kommt „Du solltest sie besser selbst kochen; niemand hat Lust auf den Job", erwiderte die alte Frau mit ihrer schrillsten Stimme und schloss die Tür mit einem Glas, das die ganze Wohnung erschütterte.

„Jetzt wird das böse alte Ding losgehen, nur um mich zu ärgern", murmelte Mrs. Jones und versuchte, ihren Ärger zu unterdrücken, und als sie die Tür öffnete, rief sie der wütenden „Hilfe" zu:

„Aber, Mrs. Bates, kommen Sie zurück, Sie sind doch nicht geblieben, um mir zuzuhören. Bewahren Sie die Hühnerleber auf und zerkleinern Sie sie mit Brot und Butter; würzen Sie es gut, und ich wage zu behaupten, dass es Ihnen genauso gut gefallen wird." es wie möglich.

„Nun, und wenn ja , womit soll ich würzen – Salbei oder Sommerbohnenkraut? Ich bin sicher bereit, mein Bestes zu geben ", antwortete die teilweise besänftigte alte Frau.

„Ein bisschen von beidem, Mrs. Bates – oh mein Gott! Kommen Sie nicht zurück und sehen Sie, ob Sie mein Kleid passend machen können? So – sehe ich aus, um gesehen zu werden?"

„Was verlangst du das denn von Miss Jones? Du weißt, dass du so gepflegt aussiehst wie eine neue Anstecknadel. Das ist ein gewaltiger Purty. " Calerco , nicht wahr?"

Die Dame des Gutsherrn hatte nicht alle Gefühle ihrer Jugend vergessen. Und das Kompliment der alten Frau zeigte Wirkung.

„Ich werde in den Laden gehen, um etwas Tee und Melasse zu holen, die Sie heute Abend mit nach Hause nehmen können, Mrs. Bates, und –"

"Mutter Mutter!" rief der junge Ned und stürmte ins Zimmer, „die Schaluppe hat gewendet und macht sich auf den Weg zum Bach. Ich sehe drei Leute auf dem Deck, und ich bin mir fast sicher, dass Vater einer von ihnen war – sie werden in kürzester Zeit hier sein." "

„Gnädig!" murmelte die alte Frau und eilte in die Küche.

Mrs. Jones strich mit beiden Händen die Falten ihres neuen Kleides glatt, während sie ins „Außenzimmer" rannte. Sie nahm ihren Platz in einem steifen, hochlehnigen Stuhl am Fenster ein, mit einem Ausdruck konsequenter Vornehmheit, als hätte sie ihr ganzes Leben lang nichts anderes getan, als still zu sitzen und Gesellschaft zu empfangen.

Nach ein paar Minuten ängstlicher Beobachtung sah sie ihren Mann und ihre Tochter aus dem Bach heraufkommen, begleitet von einem schmächtigen, dunklen und bemerkenswert anmutigen jungen Mann, der für die damalige Mode aufwendig, aber nicht heiter gekleidet war und sogar verriet In seinem Wesen und seinem Gang zeichnen sich besondere Merkmale von Vornehmheit und Vornehmheit ab. Sein Kopf war leicht geneigt und er schien die junge Dame anzusprechen, die sich auf seinen Arm stützte.

Das Herz der Mutter schlug hoch mit einer Mischung aus Stolz und Zuneigung, als sie ihre wunderschöne Tochter betrachtete, die so stolz nach Hause begleitet wurde. Der Gedanke, dass fast jeder im Dorf Zeuge der Galanterie und Ehrerbietung werden könnte, mit der sie vom hübschesten und reichsten Kaufmann Manhattans betrachtet wurde, erfüllte einen Triumph. Sie sah, dass ihr Kind gespannt auf das Haus blickte, als sie sich näherten, und dass ihr Schritt schnell war, als ob sie ungeduldig auf das ruhige Voranschreiten ihrer Gefährten war. Der Stolz ging verloren in dem süßen Schauer mütterlicher Zuneigung, der durch das Herz der Mutter schoss. Sie vergaß alle ihre Pläne, in dem sehnlichen Wunsch, ihren Erstgeborenen noch einmal an ihrer Brust zu halten; und rannte zur Tür, ihr Gesicht strahlte vor Freude, ihre Arme waren ausgestreckt und ihre Lippen zitterten vor der Wärme ihres eigenen Willkommens.

Im nächsten Augenblick klammerte sich ihr Kind an sie, überschüttete ihren hübschen Mund mit Küssen und kontrollierte ihre Liebkosungen, um durch den Nebel aus Tränen und Lächeln, der ihr eigenes süßes Gesicht überschwemmte, zu den frohen Augen aufzublicken, die so liebevoll auf sie herabblickten.

„Oh, Mutter! Liebe, liebe Mutter, wie froh bin ich, nach Hause zu kommen! Wo sind die Jungs? Wo ist der kleine Ned?" fragte das glückliche Mädchen, erhob sich aus den Armen ihrer Mutter und blickte sich eifrig nach anderen Objekten der Zuneigung um.

„Sarah, hast du nicht vor, mich mit deiner Mutter sprechen zu lassen?" fragte der Vater mit einer Stimme, die verriet, wie wahr sein Herz bei der Szene war.

Sarah zog sich aus den Armen ihrer Mutter zurück, errötete und lächelte unter Tränen; der Mann und die Frau schüttelten sich ein halbes Dutzend Mal die Hand; Mrs. Jones fragte ihn, wie es ihm ergangen war, was für eine Reise er gemacht hatte, wie ihm Manhattan gefiel und noch ein Dutzend anderer Fragen, alles in einem Atemzug: Und dann wurde der Fremde vorgestellt. Mrs. Jones vergaß die würdevolle Höflichkeit, die sie beim Eintreten ihres Gastes erweisen wollte, und schüttelte ihm herzlich die Hand, als ob sie ihn von der Wiege an kannte.

Als die glückliche Gruppe den Salon betrat, fanden sie Arthur, der in Abwesenheit des Vaters zur Würde eines Ladenbesitzers erhoben worden war, bereit, seine Eltern und seine Schwester zu begrüßen; und die jüngeren Kinder drängten sich zusammengedrängt an der Tür, die zur Küche führte, voller Freude über die Rückkehr des Vaters und doch zu große Angst vor dem Fremden, um das Zimmer zu betreten.

Alles in allem war es ein so herzlicher und warmherziger Empfang, wie man ihn sich bei seiner Heimkehr nur wünschen kann; und zum Glück für Mrs. Jones ersparte ihr die Wärme ihres eigenen natürlichen Gefühls den Spott, zur Erbauung ihres zukünftigen Schwiegersohns eine vornehme Szene auf die Beine stellen zu wollen.

Ungefähr eine halbe Stunde nach der Ankunft ihrer Freunde kam Mrs. Jones aus der Küche, wo sie gesehen hatte, wie der Truthahn in den Ofen gestellt wurde, dessen kräftiger Busen über den Rand einer Fettpfanne ragte und die Beine zusammengebunden waren. und seine Flügel schmiegten sich eng an seinen Rücken, als sie ihren Mann im Flur traf.

„Nun", sagte die Frau mit vorsichtiger Stimme, „ist alles gut gegangen – ist er so furchtbar reich, wie es in Ihrem Brief heißt?"

„Daran kann es keinen Zweifel geben; er ist so reich wie ein Jude und stolz wie ein Lord. Ich kann Ihnen sagen, Sarah hat die beste Partie in Amerika gemacht, lass die andere sein, was sie will", antwortete der Gutsherr, imitierte den leisen Ton seines Fragestellers.

„Was für ein Auge er hat, nicht wahr? Ich habe noch nie in meinem Leben etwas so Schwarzes und Durchdringendes gesehen. Er sieht auch sehr gut aus, nur ein bisschen dunkel – ich wundere mich nicht, dass das Mädchen Gefallen an ihm gefunden hat. Ich sagen wir mal, wurde irgendetwas über die Hochzeit gesagt?"

„Es muss nächste Woche sein, denn in ein paar Tagen will er zurück nach Manhattan; er und Sarah werden das ohne unsere Hilfe schaffen, wage ich zu behaupten." Hier sahen sich Herr und Frau Jones an und lächelten.

„Ich sage, Squire, ich möchte Ihnen eine Frage stellen", unterbrach Mrs. Bates, die durch die Küchentür kam und sich an das Paar heranschlich, „ist die Uhr, die der Herr trägt, echtes Gold, oder nur eine Kleinigkeit ? " Ich würde alles dafür geben, das herauszufinden.

„Ich glaube, es ist Gold, Mrs. Bates."

„Jetzt sagen Sie es mir! Was, tolles Guinea-Gold? Nun, wenn das nicht die Natur übertrifft . Ich schätze eher , dass Fräulein Sarah dieses Mal ihr Nest gefiedert hat, wie auch immer . Nun, Knappe, sagen Sie es jemandem, wann ist die Hochzeit? zu sein? Ich werde es keinem einzigen irdischen Tier erzählen, wenn du nur im Scherz wärst, gib mir einen Hinweis.

„Sie müssen Sarah fragen", antwortete Mr. Jones und folgte seiner Frau in den Salon; „Ich mische mich nie in die Angelegenheiten junger Leute ein."

„Na, hast du das jemals getan?" murmelte die alte Frau, als sie allein im Flur war. „Macht nichts. Wenn ich es nicht herausfinde, bevor ich heute Abend nach Hause gehe, verliere ich meine Vermutung, das ist alles. Ich würde nur gerne wissen, worüber sie gerade reden."

Hier ging die alte Frau in die Hocke und legte ihr Ohr an die Spalten unter der Salontür; Nach wenigen Augenblicken rappelte sie sich auf und eilte wieder in die Küche, gerade noch rechtzeitig, um sich davor zu retten, von der sich öffnenden Tür umgestoßen zu werden.

Sarah Jones kehrte als das gleiche warmherzige, intelligente Mädchen nach Hause zurück wie immer. Sie war von Natur aus etwas zarter, ruhiger und anmutiger in ihren Bewegungen; und die Liebe hatte ihren großen blauen Augen einen tieferen Ausdruck verliehen, ihrer süßen Stimme einen reicheren Ton verliehen und den lebhaften Geist des Mädchens zur Sanftheit und Anmut der Weiblichkeit gemildert. Gründlich und vertrauensvoll hatte sie ihre jungen Zuneigungen geschenkt, und ihre Person schien erfüllt von Sanftheit aus der Quelle der Liebe, die so rein in ihrem Herzen sprudelte. Sie wusste, dass sie im Gegenzug geliebt wurde – nicht so, wie sie liebte, inbrünstig und im Stillen, sondern mit einem Feuer leidenschaftlicher Natur; mit dem scharfen, intensiven Gefühl, das Schmerz sogar mit Glück vermischt und den Kummer scharf macht wie den Zahn einer Schlange.

Stolz, anspruchsvoll und leidenschaftlich war der Gegenstand ihrer Wertschätzung; Seine Vorurteile waren gestärkt und seine Fehler im Schoß von Luxus und Genuss gereift. Er war übermütig und überaus großzügig, ein wahrer Freund und ein erbitterter Feind – einer jener Männer, die über erhabene Tugenden und starke ausgleichende Fehler verfügen. Aber mit ganzem Herzen und ganzer Seele liebte er das sanfte Mädchen, mit dem er verlobt war. Darin war er völlig selbstlos und mehr als großzügig gewesen; aber nicht weniger stolz. Die Vorurteile von Geburt und Stand waren seiner

Natur eingeprägt, bis sie zu einem Teil davon geworden waren; Dennoch hatte er ohne zu zögern der Tochter eines einfachen Landbauern Hand und Vermögen angeboten.

In Wahrheit konnte man darin seinen vorherrschenden Stolz erkennen, vermischt mit der mächtigen Liebe, die ihn zu dem Vorschlag drängte. Er zog es vor, dem Objekt seiner Wahl Reichtum und Ansehen zu verleihen, anstatt von ihr irgendeinen weltlichen Vorteil zu erhalten. Es befriedigte ihn, dass seine Liebe als ihr Gegenstand betrachtet wurde, als die Quelle, aus der alle Vorteile stammen mussten. Es war ein Gefühl raffinierter Selbstsucht; er wäre erschrocken gewesen, wenn ihm das jemand gesagt hätte; und doch lag all dem ein großzügiger Stolz zugrunde. Er rühmte sich, seinen Auserwählten zu erhöhen; Während seine Verlobte und ihre Familie davon überzeugt waren, dass nichts edler sein könnte als sein Verhalten, wählte er ein bescheidenes und vergleichsweise mittelloses Mädchen aus, um sein Vermögen zu teilen.

Am Nachmittag des zweiten Tages nach ihrer Heimkehr betrat Sarah den Salon mit aufgesetzter Haube und über den Arm geworfenem Schal, bereit für einen Spaziergang. Ihr Geliebter lag auf den purpurnen Kissen des Sofas, die schönen Augen waren halb geschlossen, und ein Buch fiel ihm beinahe aus der schlaffen Hand.

„Komm", sagte Sarah und nahm ihm spielerisch das Buch aus der Hand, „ich bin gekommen, um dich zu einem langen Spaziergang zu überreden. Mutter hat alle ihre Freunde vorgestellt, jetzt musst du gehen und meine lieben – die Liebsten und Besten."

„Verschone mich", sagte der junge Mann, erhob sich halb und strich sich mit einer anmutigen Handbewegung das rabenschwarze Haar aus der Stirn; „Ich werde *Sie überallhin* begleiten , aber *entschuldigen* Sie diese schrecklichen Vorstellungen – ich bin überwältigt von der Gastfreundschaft Ihrer Nachbarschaft." Er lächelte und versuchte, das Buch zurückzugewinnen, während er sprach.

so etwas wie sie gesehen – sie hat etwas Malerisches und Romantisches an sich. Du magst Romantik?"

„Was ist sie, Niederländisch oder Englisch? Ich kann kein Niederländisch und dein eigenes süßes Englisch reicht mir. Komm, nimm die Haube ab und lass mich dir vorlesen."

„Nein , nein ; *ich* muss das Wigwam besuchen, wenn *Sie* nicht wollen."

„Das Wigwam, Miss Jones?" rief der Junge und fuhr auf, sein Gesicht veränderte seinen Ausdruck und seine großen schwarzen Augen blitzten sie mit dem Blick eines Adlers an. „Soll ich das so verstehen, dass Ihr Freund ein Inder ist?"

„Sicherlich *ist sie* eine Inderin, aber keine gewöhnliche, das versichere ich Ihnen."

„Sie *ist* eine Indianerin. Genug, *ich* werde *nicht* gehen; und ich kann nur meine Überraschung über eine so außergewöhnliche Bitte zum Ausdruck bringen. Ich habe nicht die Absicht, die kupferfarbene Rasse zu kultivieren oder meine zukünftige Frau zu finden, die ihre Freunde im Wald sucht." ."

Die fein geschnittene Lippe des Sprechers verzog sich zu einem Lächeln hochmütiger Verachtung, und sein Verhalten war verstört und gereizt, mehr als alles, was das junge Mädchen jemals zuvor an ihm gesehen hatte. Sie erbleichte bei seinem heftigen Gefühlsausbruch und es dauerte mehr als eine Minute, bis sie ihn erneut ansprach.

„Das scheint Gewalt unvernünftig zu sein – warum sollte mein Wunsch, einen harmlosen, einsamen Mitmenschen zu besuchen, so viel Widerstand hervorrufen", sagte sie schließlich.

„Verzeih mir, wenn ich hart gesprochen habe, liebe Sarah", antwortete er und bemühte sich, seine Verärgerung zu unterdrücken, aber trotz seiner Bemühungen flammte sie im nächsten Augenblick wieder auf. „Es ist sinnlos, gegen dieses Gefühl anzukämpfen; ich hasse die ganze Rasse! Wenn es etwas gibt, das ich auf der Erde verabscheue, dann ist es ein Wilder – ein wildes, blutrünstiges wildes Tier in Menschengestalt!"

In seinem strengen Gesichtsausdruck lag etwas, das das junge Mädchen, das es betrachtete, schmerzte und erschreckte; ein Glanz des Auges und eine Erweiterung der dünnen Nasenlöcher, die schreckliche Leidenschaften verrieten, wenn sie einmal in vollem Umfang erregt waren.

„Das ist ein seltsames Vorurteil", murmelte sie unbewusst, während ihr Blick von ihrem Blick auf sein Gesicht abfiel.

„Das ist kein Vorurteil, sondern ein Teil meiner Natur", erwiderte er streng und ging im Raum auf und ab. „Eine Abneigung, die in der Wiege verwurzelt war und mit der Zeit, in der ich männlich wurde, stärker und tiefer wurde. Ich liebte meinen Großvater, und von ihm habe ich diesen frühen Hass in mich aufgenommen. Seine Seele verabscheute den bloßen Namen „Indianer". Als er eines der umherstreifenden Geschöpfe traf Auf der Autobahn habe ich gesehen, wie sich seine Lippen verzogen, seine Brust sich hob und sein Gesicht weiß wurde, als wäre ihm ein wildes Tier in den Weg getreten. In unserer Familie gab es eines, ein liebevolles, schüchternes Geschöpf, wie die Sonne immer schien . Ich kann mich daran erinnern, dass ich sie sehr innig geliebt habe, als ich noch ein Kind war, aber mein

Großvater schreckte schon beim Klang ihres Namens zurück und schien ihre Anwesenheit als einen Fluch zu betrachten, den er aus irgendeinem Grund ertragen musste. Ich konnte es nie Stellen Sie sich vor, warum er sie behalten hat. Sie war sehr nett zu mir und ich habe nach meiner Rückkehr aus Europa versucht, sie herauszufinden, aber Sie erinnern sich, dass meine Großeltern während meiner Abwesenheit plötzlich starben und niemand mir Informationen über sie geben konnte. Speichern Dieses eine Wesen, es gibt keinen Wilden, weder Mann noch Frau, dessen Ausrottung ich nicht mit Freuden vom Angesicht der Erde sehen würde. Ich bitte dich, sieh nicht so furchtbar geschockt aus, mein süßes Mädchen. Ich erkenne an, dass das Gefühl ein zu heftiges Vorurteil ist, als dass es eine angemessene Grundlage hätte, aber es wurde in meiner Natur von jemandem begründet, den ich respektierte und liebte wie mein eigenes Leben, und es wird an meinem Herzen haften, solange noch ein Puls in ihm ist ."

„Ich hege keine Vorliebe für die Rasse der Wilden", sagte Sarah nach ein paar Augenblicken des Schweigens, erfreut, einen Schatten eines Grundes für die Gewalttätigkeit ihres Geliebten zu finden; „Aber Sie machen eine Ausnahme, darf ich nicht auch eine Favoritin sein? Zumal sie weiß in Bildung ist und alles andere als Hautfarbe empfindet? Sie möchten nicht, dass ich eine der nettesten und besten Freundinnen vernachlässige, die ich je auf Erden hatte, denn Die Tönung ihrer Haut ist eine Nuance dunkler als meine?"

Ihre Stimme war süß und überzeugend, ein Lächeln zitterte auf ihren Lippen und sie legte beim Sprechen sanft eine Hand auf seinen Arm. Er muss in der Tat ein Wilder gewesen sein, wenn er sich ihrer gewinnenden Art widersetzt hätte.

„Ich möchte, dass du meine Gewalt verzeihst und deinen eigenen süßen Impulsen folgst", sagte er, strich die Locken aus ihrer erhobenen Stirn zurück und zog sie an seine Brust; „Sag, dass du mir vergeben hast, Liebes, und dann geh, wohin du willst."

Man kann diese Worte kaum als Streit zwischen Liebenden bezeichnen, und doch trennten sie sich mit all dem süßen Gefühl der Versöhnung, das jedem von beiden warm im Herzen lag.

KAPITEL XIII.

Am Waldgrab stand sie traurig,
während ihre Seele im Gebet hinausging;
Ihr Leben war eine einzige lange Einsamkeit,
die sie demütig hingab .

Sarah folgte dem Fußweg, den sie so oft durch den Wald gegangen war, mit einem Herzen, das beim Anblick jedes vertrauten Busches oder Waldbaums schneller schlug.

„Arme Frau, sie muss sehr einsam gewesen sein", murmelte sie mehr als einmal, als die goldenen Blüten eines Gewürzstrauchs oder die Ranken einer Weinrebe, die über den Weg liefen, verrieten, wie selten man ihn in letzter Zeit beschritten hatte. und ihr Herz wurde unmerklich traurig durch die Gedanken an ihre Freundin.

Zu ihrer Enttäuschung stellte sie fest, dass das Wigwam leer war, aber am Waldrand entlang führte ein Pfad zum Teich, den sie noch nie zuvor gesehen hatte. Sie ging hinein mit einer Art unbestimmter Erwartung, ihre Freundin zu treffen; und nachdem wir uns fast eine Meile lang durch die Tiefe des Waldes gewunden hatten, hoben und senkten sich die Töne eines wilden, klagenden Liedes – eine traurige, süße Melodie – in der stillen Luft.

Ein paar Schritte weiter brachte das junge Mädchen zu einem kleinen offenen Platz, der von jungen Setzlingen und blühenden Sträuchern umgeben war; Hohes Gras wehte von einem kleinen Hügel, der von der Mitte bis zum Rand der Einzäunung anwuchs , und eine prächtige Hemlocktanne beschattete mit ihren herabhängenden Ästen den ganzen Raum.

Ein Gefühl der Ehrfurcht erfüllte das Herz des jungen Mädchens, denn als sie hinsah, nahm der Hügel die Form eines Grabes an. Ein großer Rosenstrauch, voller Blüten, hing über dem Kopf, und der Glanz des plätschernden Wassers drang durch ein Büschel Dornbusch, das ihn vom See abschirmte.

Malaeska vor Jahren einen jungen Rosenstrauch geschenkt hatte, der offenbar in den einsamen Busch vor ihr geschossen war und mit seinem reinen Weiß einen üppigen Duft verströmte Blumen über dem Ort der Toten.

Dies hätte ausgereicht, um sie davon zu überzeugen, dass sie am Grab des Kriegers stand, wenn der Ort einsam gewesen wäre, aber an der Wurzel des Schierlings saß Malaeska, die Arme auf der Brust verschränkt und das ruhige Gesicht zum Himmel erhoben . Ihre Lippen waren leicht geöffnet, und das Lied, das Sarah aus der Ferne gehört hatte, löste sich von ihnen – ein trauriger, angenehmer Klang, der im Einklang mit dem kräuselnden Wasser und dem sanften Schwanken der Hemlockzweige über ihnen verschmolz.

Sarah blieb regungslos, bis die letzte Note des Liedes auf dem See verklang, dann trat sie in die Umzäunung vor . Die Inderin sah sie und stand auf, während ein wunderschöner Ausdruck der Freude über ihr Gesicht strahlte.

„Der Vogel freut sich nicht mehr über die Rückkehr des Frühlings, wenn der Schnee den ganzen Winter über die Erde bedeckt hat, als das Herz der armen Indianerin, wenn sie ihr Kind wieder sieht", sagte sie, nahm die Hand des Mädchens und küsste sie mit einem anmutige Bewegung voller Respekt und Zuneigung. „Setz dich, damit ich den Klang deiner Stimme noch einmal hören kann."

Sie setzten sich gemeinsam am Fuße der Hemlocktanne nieder.

„Du warst einsam, mein armer Freund, und krank, fürchte ich; wie dünn bist du während meiner Abwesenheit geworden", sagte Sarah und blickte auf die veränderten Gesichtszüge ihres Begleiters.

„Jetzt werde ich wieder glücklich sein", antwortete der Inder mit einem schwachen, süßen Lächeln, „du wirst mich jeden Tag besuchen."

„Ja, solange ich zu Hause bleibe, aber – aber – ich gehe bald wieder zurück."

„Sie brauchen mir nicht mehr mit Worten zu sagen, ich kann es am Tonfall Ihrer Stimme, im Licht dieses bescheidenen Auges lesen – an der Farbe, die auf diesen Wangen wechselt und geht; ein anderer kommt, um Sie von zu Hause abzuholen." sagte der Inder mit einem verspielten Lächeln. „Dachten Sie, dass die einsame Frau die Zeichen der Liebe nicht erkennen konnte – dass sie sich selbst nie geliebt hat?

"Du?"

bald heiraten ?"

„In vier Tagen."

„Wo wird dann dein Zuhause sein?"

„In Manhattan."

Es gab einige Momente der Stille. Sarah saß da und blickte auf den Rasen, während das warme Blut ihre Wange umhüllte, beschämt und doch begierig darauf, ausführlicher über das Thema zu sprechen, das ihr junges Herz mit höchster Zufriedenheit erfüllte. Der Indianer blieb regungslos stehen, verloren in einer Reihe trauriger Gedanken, die durch das letzte gesprochene Wort hervorgerufen wurden; Endlich legte sie ihre Hand auf die ihres Begleiters und sprach; Ihre Stimme war traurig und Tränen standen ihr in den Augen.

„In ein paar Tagen gehst du wieder von mir – oh, es ist sehr ermüdend, immer allein zu sein; das Herz sehnt sich nach etwas, das man lieben kann. Ich habe einen kleinen Zaunkönig gestreichelt, der sein Nest unter der Dachtraufe meines Wigwams gebaut hat, seit du weggegangen bist; es war Gesellschaft für mich und wird es wieder sein. Schau nicht so mitleiderregend, aber sag mir, wer ist der , der dir das rote Blut an die Wange ruft? Liebt er dich? Ist er gut, mutig?"

„Er sagt, dass er mich liebt", antwortete das junge Mädchen und errötete noch mehr.

"Und du?"

„Wenn du von morgens bis abends an jemanden denkst, sei Liebe – zu wissen, dass er deine schönen Tagträume verfolgt und mit dir durch die schönen Orte wandert, die die Fantasie einem in der Einsamkeit ständig präsentiert und jeden Raum und jeden Gedanken ausfüllt sein Leben, und doch schmälert er in keiner Weise die Zuneigung, die das Herz anderen entgegenbringt, sondern steigert sie vielmehr – wenn er mit dem geringsten Zug edlen Gefühls glücklich gemacht werden soll, stolz auf seine Tugenden und dennoch scharfsichtig und doppelt empfindlich für sie ist all seine Fehler, an ihm festhalten trotz dieser Fehler – wenn das Liebe ist, dann liebe ich wirklich mit der ganzen Kraft meines Wesens. Mein Herz ist voller Ruhe und wie die weiße Rose, die regungslos im Sonnenschein liegt , belastet Mit dem Reichtum seiner eigenen Süße entfaltet es sich von Tag zu Tag zu einem reineren und gedämpfteren Zustand des Genusses. Dieses Gefühl mag nicht die Liebe sein, von der die Menschen so freimütig sprechen, aber es kann sich nicht ändern – niemals – nicht einmal im Tod , es sei denn, William Danforth sollte sich als völlig unwürdig erweisen!"

„William Danforth! Habe ich Sie richtig verstanden ? Ist William Danforth der Name Ihres Verlobten?" fragte die Inderin mit überwältigender Überraschung, fuhr plötzlich ungestüm auf und sank dann langsam wieder auf ihren Platz zurück. „Sagen Sie mir ", fügte sie schwach und doch in einem Ton hinzu, der zu Herzen ging, „ist dieser Junge – dieser junge Herr, meine ich – in letzter Zeit von jenseits der großen Gewässer gekommen?"

„Er kam vor einem Jahr, nach dem Tod seiner Großeltern, aus Europa", lautete die Antwort.

„Ein Jahr, ein ganzes Jahr!" murmelte die Indianerin und verschränkte mit plötzlicher Energie die Hände vor den Augen. Ihr Kopf sank nach vorn auf die Knie, und ihr ganzer Körper zitterte vor einem starken Gefühlsausbruch, der für das fast verängstigte Mädchen, das sie ansah, völlig unerklärlich war. „Vater des Himmels, ich danke dir! Meine Augen werden ihn noch einmal sehen. O Gott, mach mich dankbar!" Diese so inbrünstig geäußerten Worte wurden durch die verschränkten Hände der Inderin gedämpft, und Sarah konnte nur erkennen, dass sie durch die Erwähnung des Namens ihres Geliebten stark erregt war.

„Haben Sie Mr. Danforth jemals gekannt?" fragte sie, als die Aufregung der fremden Frau etwas nachgelassen hatte. Die Indianerin antwortete nicht, sondern hob den Kopf, wischte sich die Tränen aus den Augen und schaute dem Mädchen mit einem Ausdruck kläglicher Zärtlichkeit ins Gesicht, der ihr das Herz berührte.

„Und *du* sollst *seine* Frau sein? Du, mein Vogel der Vögel."

Während sie sprach, fiel sie dem jungen Mädchen um den Hals und weinte wie ein Kleinkind; Dann hob sie, als wäre sie sich bewusst, zu tiefe Emotionen zu verraten, den Kopf und versuchte, sich zu beruhigen. während Sarah saß und sie anstarrte, aufgeregt, verwirrt und völlig ratlos, diesen plötzlichen Gefühlsausbruch zu erklären, obwohl sie sonst so gedämpft und ruhig war. Nachdem sie einige Augenblicke nachdenklich und schweigend gesessen hatte, hob die Indianerin wieder den Blick; Sie hatten eine traurige Bedeutung, und dennoch strahlten sie einen gespannten Blick aus, der ein gewisses Maß an Aufregung verriet, die jedoch nicht unterdrückt wurde.

„Tot – sind sie beide tot? Seine Großeltern meine ich?" sagte sie ernst.

„Ja, sie sind beide tot; er hat es mir gesagt."

„Und er – der junge Mann – wo ist er jetzt?"

„Ich habe ihn vor nicht einmal drei Stunden im Haus meines Vaters zurückgelassen."

„Komm, lass uns gehen."

Die beiden standen auf, gingen durch die Umzäunung und bahnten sich langsam und schweigend den Weg zum Wigwam.

Die Nachmittagsschatten sammelten sich über dem Wald, und Sarah wollte unbedingt vor Einbruch der Dunkelheit nach Hause kommen und weigerte sich, das Wigwam zu betreten, als sie es erreichten. Der Indianer ging für einen Moment hinein und kam mit einem Stück Birkenrinde zurück, auf dem leicht mit Bleistift ein paar Worte nachgezeichnet waren.

„Gib das dem jungen Mann", sagte sie und legte die Rinde in Sarahs Hand; „Und jetzt gute Nacht – gute Nacht."

Sarah nahm die Rinde und wandte sich mit hastigen Schritten dem Waldweg zu. Sie fühlte sich aufgeregt und als ob etwas Schmerzhaftes passieren würde.

Mit einer Neugier, die durch die seltsame Art des Indianers geweckt wurde, untersuchte sie die Schrift auf dem Stück Rinde in ihrer Hand; Es handelte sich lediglich um die Bitte, dass William Danforth den Schriftsteller an diesem Abend an einem vereinbarten Ort am Ufer des Catskill Creek treffen würde. Die Schriftrolle war mit „ Malaeska " signiert .

Malaeska ! Es war einzigartig, aber Sarah Jones hatte den Namen des Indianers noch nie zuvor erfahren.

KAPITEL XIV.

Die Landspitze, die wir zu Beginn dieser Geschichte als Absicherung in der Mündung des Catskill Creek beschrieben haben, steigt vom Zusammenfluss der beiden Bäche sanft an und rollt nach oben zu einem breiten und schönen Hügel, der sich wieder in Richtung des Flusses erstreckt die Berge und den Rand des Hudson hinunter in einer weiten Ebene, die heute in hochkultivierte Bauernhöfe unterteilt und durch kleine Anhöhen, Haine und ein großes Stück Sumpfland abwechslungsreich ist. Entlang des südlichen Randes des Baches bildet der Hügel ein hohes und malerisches Ufer, das an manchen Stellen in einem steilen Gefälle von zwölf bis fünfzig Fuß zum Wasser abfällt und an anderen in einem allmählicheren, aber immer noch abrupten Gefälle abfällt, das gebrochen ist kleine Schluchten und dicht mit einem schönen jungen Baumbestand bedeckt.

Ein Fußweg windet sich von der Steinbehausung, die wir bereits beschrieben haben, am oberen Rand dieses Ufers hinauf bis zur Ebene und endet in einem einzigartigen Erdvorsprung, der einige Fuß weiter aus der Uferfläche herausragt den Bach, der die Form eines riesigen Schlangenkopfes annimmt. Dieser Vorsprung bietet einen schönen Blick auf das Dorf und ist bei den Einwohnern aufgrund einer damit verbundenen Tradition unter dem Titel „Hopfennase" bekannt. Der Fußweg, der an dieser Stelle endet, erhält durch die ständige Anwesenheit eines einzigartigen Wesens, das ihn seit Jahren regelmäßig beschritten hat, ein melancholisches Interesse. Stunde für Stunde und Tag für Tag kann man ihn bei Sonnenschein und Sturm zwischen den Bäumen schlängeln oder in einem langsamen, eintönigen Spaziergang diesen Weg entlanggehen, wo er in die üppige Grasnarbe mündet. Seit vielen Jahren ist er sprachlos, nicht aus Unfähigkeit, sondern aus einer festen, ungebrochenen Angewohnheit des Schweigens. Er ist vollkommen sanft und harmlos, und aufgrund seiner ruhigen Haltung könnte ein schwacher Beobachter ihn eher für einen meditativen Philosophen halten als für einen Mann, der leicht und harmlos verrückt ist, wie ein eigenartiger Ausdruck in seinen klaren, blauen Augen und seinem entschlossenen Schweigen ihn sicherlich verkünden muss Sei.

Aber wir beschreiben nachfolgende Dinge und nicht die Szenerie, wie sie zum Zeitpunkt unserer Geschichte existierte. Damals waren der Hügel und die gesamte weite Ebene ein Wald aus dicht bewaldetem Land, aber das Ufer des Baches befand sich noch weitgehend in seinem jetzigen Zustand. Das Unterholz gedieh etwas üppiger, und die „Hopfennase" schoss daraus hervor, bedeckt mit einer dicken Grasschicht, aber ohne Strauch , mit Ausnahme von zwei oder drei Setzlingen und einigen Büscheln wilder Blumen.

Als in der Nacht nach Sarah Jones' Interview mit der Indianerin der Mond aufging, stand dieses einzigartige Wesen auf der „Hopfennase" und wartete auf das Erscheinen des jungen Danforth. Mehr als einmal ging sie bis an den äußersten Rand des Vorsprungs, schaute eifrig den Bach hinauf und hinunter, dann kehrte sie mit verschränkten Armen wieder in den Schatten zurück und setzte ihre Wache wie zuvor fort.

Endlich kam von der gegenüberliegenden Seite ein leises Geräusch; Sie sprang vor und stützte sich auf einen Schössling, der sich über den Bach beugte, wobei ein Fuß gerade den Rand des Vorsprungs berührte, ihre Lippe leicht geöffnet war und ihre linke Hand die Haare von ihren Schläfen zurückhielt, begierig darauf, die Natur davon festzustellen der Klang. Der Schössling bog sich und brach beinahe unter ihrem Griff, aber sie blieb regungslos, ihre Augen leuchteten im Mondlicht mit einem seltsamen, unsicheren Glanz und waren scharf auf die Stelle gerichtet, von der das Geräusch kam.

Ein Kanu fuhr in den Fluss und steuerte auf die Stelle zu, an der sie stand.

"Es ist er!" brach aus ihren geöffneten Lippen, als das Mondlicht auf die klare Stirn und die anmutige Gestalt eines jungen Mannes fiel, der aufrecht in der kleinen Schaluppe stand, und sie holte tief Luft, lehnte sich zurück, verschränkte die Arme und wartete auf seine Annäherung.

Kaum hatte sich der Schössling wieder in seine Position zurückgeschwungen, als der Junge sein Kanu zu einer Mulde im Ufer wendete und den Anstieg hinaufkletterte, sich die steile Seite der „Hopfennase" am Gestrüpp hinaufzog und zum Ufer sprang Die Seite einer indischen Frau.

„ Malaeska ", sagte er und streckte seine Hand mit einer Art und Weise und Stimme freundlicher Anerkennung aus; „Meine gute, freundliche Krankenschwester, glauben Sie mir, ich bin froh, Sie wiedergefunden zu haben."

Malaeska ergriff seine Hand nicht, sondern warf sich nach einem intensiven und eifrigen Blick in sein Gesicht an seine Brust, schluchzte laut, murmelte leise, gebrochene Zärtlichkeitsworte und zitterte am ganzen Körper vor einem Anflug unbesiegbarer Zärtlichkeit.

Der Junge fuhr zurück und ein Stirnrunzeln bildete sich auf seiner hochmütigen Stirn. Seine Vorurteile wurden verletzt, und er strebte danach, sie aus seinem Schoß zu verbannen; selbst die Dankbarkeit für all ihre Güte konnte den Ekel nicht überwinden, mit dem er vor der Umarmung eines Wilden zurückschreckte. „ Malaeska ", sagte er fast streng und versuchte, ihre Arme von seinem Hals zu lösen, „Du vergisst – ich bin kein Junge mehr – sei gelassen und sag, was ich für dich tun kann?"

Aber sie klammerte sich umso leidenschaftlicher an ihn und antwortete mit einem Appell, der ihm das Herz berührte.

„Lass deine Mutter nicht weg – sie hat lange gewartet – mein Sohn! mein Sohn!"

Der Jugendliche verstand nicht die ganze Bedeutung ihrer Worte. Sie waren energischer und voller Pathos, als er jemals zuvor gesehen hatte; aber sie war seine Amme gewesen, und er war lange von ihr fern geblieben, und die Stärke ihrer Zuneigung ließ ihn für einen Moment ihre Rasse vergessen. Er war fast zu Tränen gerührt.

„ Malaeska ", sagte er freundlich, „ich wusste bis jetzt nicht, wie sehr du mich liebst. Aber es ist nicht verwunderlich – ich kann mich erinnern, als du fast eine Mutter für mich warst."

„ *Fast!* " rief sie und warf den Kopf zurück, bis das Mondlicht ihr Gesicht enthüllte. „Fast! William Danforth, so sicher es einen Gott gibt, der meine Worte bezeugt, du bist mein eigener Sohn!"

Der Junge zuckte zusammen, als hätte man ihm einen Dolch ins Herz gerammt. Er drängte die aufgeregte Frau von seinem Busen, beugte sich vor und blickte ihr streng in die Augen.

„Frau, bist du verrückt? Kannst du es wagen, mir das zu behaupten *?* "

Er ergriff fast heftig ihren Arm und schien versucht zu sein, wegen der Beleidigung, die ihre Worte zum Ausdruck gebracht hatten, etwas Gewalt anzuwenden; aber sie blickte ihn mit einem Blick der Zärtlichkeit an, der in schmerzlichem Kontrast zu seinem fast wahnsinnigen Blick stand.

„Verrückt, mein Sohn?" „Sagte sie mit einer Stimme, die von einem süßen und gebrochenen Ernst in der stillen Luft erschütterte. „Es war ein gesegneter Wahnsinn – der Wahnsinn zweier warmer junger Herzen, die in dem süßen Drang, mit dem sie aneinander klammerten, alles vergaßen ; es war der Wahnsinn, der deinen Vater dazu brachte, das wilde Indianermädchen an seine Brust zu nehmen, als es in der Blüte stand Frühe Mädchenzeit. Verrückt! Oh, ich könnte vor Zärtlichkeit verrückt werden, wenn ich an die Zeit denke, als deine kleine Gestalt zum ersten Mal in meine Arme gelegt wurde; als mein Herz vor Liebe schmerzte, als ich deine kleine Hand an meiner Brust und deinen Tiefpunkt spürte Murmeln erfüllt mein Ohr. Oh, es war ein süßer Wahnsinn. Ich würde sterben, um es noch einmal zu erfahren.

Der Junge hatte nach und nach seinen Griff um ihren Arm gelockert und stand da und betrachtete sie wie einen Mann im Traum. Seine Arme ließen hilflos nach unten sinken, als wären sie plötzlich gelähmt; aber als sie sich wieder zu ihm hinzog, geriet er in Raserei.

"Großer Gott!" Er hätte fast geschrien und sich mit der Hand an die Stirn geschlagen. „Nein, nein! Das kann nicht – ich, ein Indianer? ein Halbblut? der Enkel des Mörders meines Vaters? Frau, sprich die Wahrheit; Wort für Wort, erzähl mir die verfluchte Geschichte meiner Schande. Wenn ich dein Sohn bin , gib mir Beweise – Beweise, sage ich!"

Als die arme Frau die wütende Leidenschaft sah , die sie entfacht hatte, verfiel sie in stilles Entsetzen, und es dauerte mehrere Minuten, bis sie auf seinen wilden Appell antworten konnte. Als sie sprach, keuchte sie und war entsetzt. Sie erzählte ihm alles – von seiner Geburt; der Tod seines Vaters; von ihrer Reise nach Manhattan; und von dem grausamen Versprechen, das man ihr abgerungen hatte, die Beziehung zwischen ihr und ihrem Kind zu verheimlichen. Sie sprach von ihrem einsamen Leben im Wigwam, von der sehnsüchtigen Kraft, die das Herz ihrer Mutter dazu drängte, die Liebe ihres einzigen Kindes einzufordern, als dieses Kind in ihrer Nachbarschaft auftauchte. Sie bat darum, nicht als seine Eltern anerkannt zu werden , sondern nur mit ihm zusammenzuleben, sogar als Leibeigene, wenn er das wollte.

Er stand völlig still da, sein blasses Gesicht zu ihrem geneigt, und lauschte ihrer schnellen, keuchenden Rede, bis sie fertig war. Dann konnte sie sehen, dass sich sein Gesicht im Mondlicht verzog und dass er zitterte und einen Schössling ergriff, der in der Nähe stand, um sich zu stützen. Seine Stimme klang völlig überwältigt und mit gebrochenem Herzen.

„ Malaeska ", sagte er, „sagen Sie das alles auf, wenn Sie mich nicht zu Ihren Füßen sterben sehen würden. Ich bin jung und eine Welt des Glücks lag vor mir. Ich war kurz davor, jemanden zu heiraten, der so sanft – so rein – war. Ich, eine Indianerin, wollte gerade meine befleckte Hand einem lieblichen Wesen aus unbeflecktem Blut reichen. Ich, der ich so stolz darauf war, sie auf meine erhabene Stellung zu erheben. Oh, Malaeska !" „Sagen Sie, das wäre eine Geschichte – eine traurige, erbärmliche Geschichte, die erfunden wurde, um meinen Stolz zu bestrafen? Sagen Sie nur das, und ich werde Ihnen alles geben, was ich auf Erden habe – jeden Heller." . Ich werde dich mehr lieben als tausend Söhne. Sein Körper zitterte vor Aufregung, und er blickte sie an, als ob sie um sein Leben flehte.

Als die elende Mutter das hoffnungslose Elend sah, das sie ihrem stolzen und sensiblen Kind zugefügt hatte, hätte sie ihr Leben hingegeben, wenn sie die Geschichte, die solch eine Qual verursacht hatte, unausgesprochen hätte sagen können, ohne einen Fleck der Lüge auf ihre Seele zu bringen.

Aber Worte sind furchterregende Waffen, die niemals aufgehalten werden dürfen, wenn sie einmal in Bewegung gesetzt werden. Wie Stachelpfeile dringen sie ins Herz ein und können nicht wieder zurückgezogen werden, nicht einmal von der Hand, die auf sie geschossen hat. Die arme indische Mutter konnte sich nicht an die ihrigen erinnern, aber sie versuchte, die stolzen Gefühle zu beruhigen, die so schrecklich verletzt worden waren.

„Warum sollte mein Sohn die Rasse seiner Mutter verachten? Das Blut, das sie ihm aus ihrem Herzen gab, war das einer tapferen und königlichen Linie, Krieger und Häuptlinge, alle –"

Der Junge unterbrach sie mit einem leisen, bitteren Lachen. Die tiefen Vorurteile, die seiner Natur eingeprägt waren – Stolz, Verzweiflung, jedes Gefühl, das zum Wahnsinn und zum Bösen drängt – entfachten ein Feuer in seinem Herzen.

„ Ich habe also ein Adelspatent, um mein schwarzes Erstgeburtsrecht zu vergolden, eine Ahnenlinie düsterer Häuptlinge, der ich mich rühmen kann. Das hätte ich wissen müssen, als ich diesem schönen Mädchen meine Hand reichte. Sie wusste kaum, welche Würde ihre Vereinigung erwartete. Vater des Himmels, mein Herz wird brechen – ich werde verrückt!"

Während er sprach, schaute er sich wild um und sein Blick blieb auf dem dunklen Wasser hängen, das so ruhig ein paar Meter unter ihm floss. Sofort beruhigte er sich, als hätte er in seinem Kummer eine unerwartete Quelle gefunden. Sein Gesicht war völlig farblos und schimmerte wie Marmor, als er sich zu seiner Mutter umdrehte, die in einer Haltung tiefer Demut und Flehen ein paar Schritte entfernt stand, denn sie wagte es nicht, sich ihm noch einmal zu nähern, weder mit tröstenden noch mit zärtlichen Worten. Alle süßen Hoffnungen, die bis dahin so warm in ihrem Herzen gewesen waren, wurden völlig zerstört. Sie war eine elende Frau mit gebrochenem Herzen, ohne Hoffnung auf dieser Seite des Grabes. Der junge Mann näherte sich ihr, ergriff ihre beiden Hände und blickte ihr traurig ins Gesicht. Seine Stimme war ruhig und tief, aber ein leicht heiserer Klang verlieh seinen Worten eine unnatürliche Feierlichkeit.

„ Malaeska ", sagte er und hob die Hände zum Himmel, „schwöre mir bei dem Gott, den wir beide anbeten, dass du mir nichts als die Wahrheit gesagt hast; ich würde keinen Zweifel haben."

Es lag etwas Erhabenes in seiner Stellung und in der feierlichen Ruhe, die sich über ihn ausgebreitet hatte. Die arme Frau hatte geweint, aber die Tränen blieben in ihren Augen zurück, und ihre blassen Lippen hörten auf zu zittern und wurden fester, als sie zu dem weißen Gesicht aufblickte, das sich über ihr beugte.

„Während ich hoffe, dich zu treffen, mein Sohn, habe ich vor diesem Gott nichts als die Wahrheit gesagt."

„ Malaeska !"

„Wirst du mich nicht Mutter nennen?" sagte die sanftmütige Frau mit rührendem Pathos. „Ich weiß, dass ich Inder bin, aber dein Vater hat mich geliebt."

„Mutter? Ja, Gott bewahre, dass ich mich weigere, dich Mutter zu nennen. Ich fürchte, ich war oft hart zu dir, aber ich wusste nicht, dass du Anspruch auf meine Liebe hast. Selbst jetzt war ich unfreundlich."

„Nein, nein, mein Sohn."

„Ich erinnere mich, dass du immer sanftmütig und nachsichtig warst – vergibst du mir jetzt, meine arme Mutter?"

Malaeska konnte nicht sprechen, aber sie sank auf die Füße ihres Sohnes und bedeckte seine Hand mit Tränen und Küssen.

„Es gibt jemanden, der das tiefer empfinden wird als jeder von uns. Du wirst sie trösten, Mala – Mutter, nicht wahr?"

Malaeska erhob sich langsam und sah ihrem Sohn ins Gesicht. Sie hatte Angst vor seiner kindlichen Sanftmut; Ihr Atem ging schmerzhaft. Sie wusste nicht, warum das so war, aber ein Schauer durchfuhr sie, und ihr wurde schwer ums Herz, als stünde eine schreckliche Katastrophe bevor. Der junge Mann trat einen Schritt näher ans Ufer, blieb regungslos stehen und blickte ins Wasser. Malaeska näherte sich ihm und legte ihre Hand auf seinen Arm.

„Mein Sohn, warum stehst du so? Warum starrst du so ängstlich auf das Wasser?"

Er antwortete nicht, sondern zog sie an seine Brust und drückte seine Lippen auf ihre Stirn. Tränen schossen erneut in die Augen der Mutter, und ihr Herz bebte vor einem köstlichen Gefühl, das fast an Schmerz grenzte. Es war das erste Mal seit seiner Kindheit, dass er sie küsste. Sie zitterte vor Ehrfurcht und Zärtlichkeit, als er sie aus seiner Umarmung löste und sie sanft vom Rand der Projektion befreite. Die Aktion hatte sie ihm wieder zugewandt. Sie drehte sich um – sah, wie er die Hände hoch über dem Kopf verschränkte und in die Luft sprang. Es gab einen Sturz, das tiefe Rauschen des Wassers, das an seinen Platz zurückfloss, und dann erklang ein Schrei, scharf und voller schrecklicher Qual, über dem Bach wie der Todesschrei eines Menschen.

Der Schrei brach aus der elenden Mutter, als sie ihre Oberbekleidung vom Leib riss und dem Selbstmörder nachstürzte. Zweimal fiel das Mondlicht auf ihr bleiches Gesicht und ihr langes Haar, als es auf das Wasser strömte. Beim dritten Mal tauchte ein anderes Marmorgesicht an die Oberfläche, und mit fast übermenschlicher Kraft trug die Mutter mit einem Arm den leblosen Körper ihres Sohnes und kämpfte sich mit dem anderen zum Ufer. Sie trug ihn das steile Ufer hinauf, wo zu einem anderen Zeitpunkt keine Frau hätte klettern können, auch wenn sie nicht im Weg stand, und legte ihn ins Gras. Sie riss seine Weste auf und legte ihre Hand auf das Herz. Es war kalt und pulslos. Sie rieb seine Handflächen, rieb seine marmorne Stirn, streckte sich auf seinem Körper aus und versuchte, aus ihrem eigenen kalten Herzen heraus seinen marmornen Lippen Leben einzuhauchen. Es war vergebens. Als sie davon überzeugt war, stellte sie jede Anstrengung ein; Ihr Gesicht fiel nach vorne auf die Erde, und mit einem leisen, schluchzenden Atemzug lag sie regungslos neben den Toten. Als die Dorfbewohner diesen furchtbaren Schrei hörten, stürmten sie zum Bach hinunter und erreichten die „Hoppy Nose", wo sie zwei Menschen vorfanden, die darauf lagen.

Am nächsten Morgen traf Arthur Jones in seiner Wohnung ein trauriges Zuhause. Im „Außenzimmer" lag die Leiche von William Danforth, eingehüllt in sein Wickeltuch. Mit schweren Augen auf die Marmorzüge ihres Sohnes gerichtet, saß die elende indische Mutter da. Ihr dunkles Haar hatte bis zum Abend zuvor die Fülle und den Glanz der Jugend bewahrt, doch jetzt fiel es üppig wie immer aus ihren hohlen Schläfen, aber vollkommen grau. Der Frost der Trauer hatte es in einer einzigen Nacht verändert. Ihre Gesichtszüge waren eingefallen, und sie saß regungslos und resigniert neben den Toten. An ihr war nichts von hartnäckiger Trauer zu erkennen. Sie antwortete, wenn man sie ansprach, und war geduldig in ihrem Leiden; Aber alle konnten sehen, dass es nur die Ruhe eines gebrochenen Herzens war, mild in seiner völligen Verzweiflung. Als sich die Dorfbewohner zur Beerdigung versammelten, erzählte Malaeska ihnen mit ein paar sanften Worten von ihrer Beziehung zu den Toten und bat sie, ihn an der Seite seines Vaters zu begraben.

Der Sarg wurde hinausgetragen und ein feierlicher Zug folgte ihm durch den Wald. Alle Frauen und Kinder gingen zur Beerdigung.

Als die Leiche ihres Verlobten nach Hause gebracht wurde, war Sarah Jones bewusstlos in ihre Kammer getragen worden. Sie fiel fortwährend von einem Ohnmachtsanfall zum nächsten, murmelte traurig in ihren Bewusstseinspausen und sank sanft mit den traurigen Worten auf ihren Lippen ab. Spät in der Nacht, nach der Beerdigung ihres Geliebten, erwachte sie in einem Bewusstsein des Unglücks. Als das Licht anbrach, erwachte in ihrem Herzen der sehnsüchtige Wunsch, das Grab ihrer Verlobten zu besuchen. Sie stand auf, kleidete sich an und ging mit schwachen Schritten auf den Wald zu. Die Kraft kehrte in sie zurück, als sie vorwärts ging.

Das Wigwam war verlassen, und der Weg, der zum Grab führte, lag noch auf dem Rasen, auf dessen Rasen der Tau noch ungebrochen war. Der frühe Sonnenschein spielte zwischen den nassen, schweren Zweigen der Hemlocktanne, als sie das Gehege erreichte . Ein süßer Duft verbreitete sich über das zertrampelte Gras des weißen Rosenbaums, der sich unter der Last seiner reinen Blüten tief neigte. Ein Regen aus feuchten Blütenblättern lag auf dem Grab des Häuptlings, und die grünen Blätter zitterten in der Luft, als sie mit einer angenehmen und aufmunternden Bewegung durch sie hindurchseufzten. Aber Sarah sah nichts als ein neu angelegtes Grab und streckte auf seinen frischen Rasen die Gestalt eines Menschen aus. Ein Gefühl der Ehrfurcht überkam das Herz der Jungfrau. Sie ging ehrfürchtig weiter und hatte das Gefühl, im Heiligtum der Toten zu sein. Die Form war Malaeskas . Ein Arm fiel über das Grab, und ihr langes Haar war in all seiner traurigen Farbveränderung aus der Stirn zurückgekämmt und lag verwirrt im dichten Gras. Der Rasen, auf dem ihr Kopf ruhte, war mit winzigen weißen Blüten übersät. Eine Handvoll lag zerquetscht unter ihrer Wange und verbreitete einen schwachen Geruch über das Marmorgesicht. Sarah bückte sich und berührte die Stirn. Es war kalt und hart, aber eine ruhige Süße war da, die verriet, dass der Geist ohne Kampf gestorben war. Malaeska lag tot zwischen den Gräbern ihrer Familie, das herzzerreißende Opfer einer unnatürlichen Ehe.

www.ingramcontent.com/pod-product-compliance
Lightning Source LLC
LaVergne TN
LVHW041704190726
843493LV00007B/1935